PÁJARO HERIDO

PÁJARO HERIDO

Flechas que traspasan corazones

OBRA ANTOLÓGICA

Escrita por:

Roberto Carlos Díaz Díaz

Laura D Lamarck Nagles

Juan Camilo Torres Garcés

Daniela Suárez Hernández

Edilberto Valderrama Figueroa

Luis William Segura Palacios

Mary Leidy Tangarife Tabares

Angélica María Carolina Chaves Mosser

José Arcadio López

Jairo Rodríguez Valencia

David Ricardo Montenegro Roa

María Camila Rueda

María Paula Useche Figueroa

Yenis Fernanda Vides Zuluaga

María Cristina Flores Olvera

Alejandra Escobar Portela

Yarley Olaya

Diane Yael Armendariz Arriaga

Ana Sofía Otero Echavarría

Bony Medina

Ana Sofía Hoyos Cadavid

Andrés Esteban Torres Hernández

Pájaro herido

www.itaeditorial.com

ISBN: 9798848347760
Sello: Independently published
2022
Publicado en Colombia
Páginas: 202

Diseño de portada: © ITA Editorial
Composición de diseño: ©Sara Rubiano
Ilustración de portada y contraportada: ©angelinabambina

ÍNDICE

Prólogo

Pocos son los sentimientos a los que les otorgamos más valor que al amor, y es que, en su nombre, a lo largo de nuestra historia como humanos hemos sido capaces de librar las más grandes batallas y ha sido él quien nos ha brindado refugio en los momentos de oscuridad donde parece no haber salida.

La literatura ha bebido incansablemente de las fuentes de inspiración que el amor, con sus glorias y dolores, nos trae, así que hemos querido rendirle homenaje a todas las formas de amor que nos abrazan y nos mueven, al romance, a la amistad, a la fraternidad.

Esta obra antológica es resultado de la convocatoria del mes de febrero realizada por ITA Editorial, en ella participaron autores de diferentes lugares y edades que acudieron a nuestro llamado y quisieron compartir con nosotros sus creaciones literarias. Ellos te invitan, querido lector, a dejarte conmover y a sumergirte en sus historias como si las vivieras en carne propia. ¡Por el amor y la amistad!, pero, sobre todo, ¡por esta fuente inagotable de inspiración!

El mar, ella y yo

Por Roberto Carlos Díaz Díaz

Sufre Callao era un remoto pueblo ubicado en una tierra recóndita frente al mar caribe. Era verdaderamente pequeño, había pocas calles y pocas casas rudimentarias de madera, hechas por sus mismos dueños. Todos eran conocidos de todos y, en su mayoría, eran parientes entre sí. El sustento de sus habitantes siempre había sido su pequeña agricultura artesanal, los animales domésticos que poseían y la generosa cantidad de peces que les obsequiaba el benévolo mar.

Pero allí, en ese lejano y olvidado pueblo, vivía un viejo desconocido para todos, nadie sabía de dónde venía, cómo y por qué había ido a parar a ese pueblo del que todos querían salir. No sabían si tenía algún familiar, nadie le conocía la voz porque jamás había dicho una palabra, solamente lo veían salir a eso de las cuatro de la tarde de su sola y lúgubre casa con un balde y una caña de pescar en el hombro. Llegaba a un muelle que se encontraba casi en deterioro a causa del abandono y se sentaba al final de este, a pescar mientras veía morir el sol en la vasta lejanía del horizonte. Lo más curioso era su forma de vestir, todas esas tardes: un buen pantalón, un buen calzado, una buena camisa, un buen corte de cabello y su espesa barba plateada sin ningún pelo fuera de línea.

De camino a su lugar de pesca, sus vecinos y todo el que se topaba con él en el camino lo saludaban de palabra, pero él solo respondía con una pequeña reverencia. Cuando estaba sentado en el abandonado y deteriorado muelle, mientras sujetaba su caña de pescar con esa gran virtud de los pescadores (la paciencia), a la espera de que un desafortunado pez picara, los demás pescadores del pueblo, que cerca de él pasaban en sus pequeñas canoas de madera y con su atarraya en el hombro, lo veían hablar solo, lo veían reír a carcajadas y a veces también llorar. Con el tiempo la gente se acostumbró a eso y al verlo ahí sentado solo lo saludaban y él respondía levantando la mano, algunos decían que había perdido el juicio y muchos otros, como es natural de un pueblo alejado de toda ciudad conocida, decían que era brujo y hasta llegaron a decir que había hecho un pacto con el diablo.

Había un muchacho que el tiempo que no dedicaba a pescar con su padre, lo dedicaba a seguir a aquel viejo misterioso, siempre que lo hacía se quedaba a dos o tres pasos detrás de él y le hablaba de cualquier cosa posible, aunque el viejo nunca le respondía. Cuando el viejo se sentaba a pescar se quedaba un poco más lejos (unos seis o siete metros) porque, mediante señas, el viejo se lo pedía; a pesar de esto, llevaba casi un año haciendo lo mismo.

Uno de esos tantos días que el destino sabe hacer llegar, el viejo salió como de costumbre de su casa, pero este día era totalmente distinto a todos los que antes se habían visto pasar. El viejo salió con una gran sonrisa dibujada en su rostro, parecía tener su mejor vestido, al pasar, dejaba en el aire un olor a perfume; a todo el que se encontraba en el camino lo saludaba deseándole una buena tarde y que Dios lo bendijera; igualmente hacía esto con los vecinos que se encontraban sentados en las terrazas de sus casas. A la gente se le hizo muy extraño este comportamiento inusitado de aquel viejo, sin embargo, continuaron sus actividades cotidianas como si nada pasara. Para quien sí fue distinto el día, fue para el muchacho que siempre seguía al viejo, ese día por fin pudo hablar con él y le respondía todo lo que el muchacho curioso le preguntaba. Llegaron al abandonado muelle y ese día el viejo le pidió que se sentara a su lado, el muchacho un tanto sorprendido lo hizo y comenzaron su conversación. El viejo colocó su carnada en el anzuelo y el muchacho le dijo, en sus palabras, que esa no era la forma correcta.

—Tengo quince años de estar haciéndolo así —respondió el viejo.

—Entonces tiene quince años de estar haciéndolo mal —dijo el muchacho y en un acto de imprudencia le arrebató el anzuelo y le acomodó la carnada.

El viejo frunció el entrecejo y mientras lanzaba el anzuelo al mar, le preguntó al muchacho, ¿por qué el pueblo se llamaba Sufre Callao?

—¿Acaso no lo ve? —respondió—. Este pueblo y su gente sufre, llora por el abandono del gobierno, pero ¿usted ve a alguien diciéndolo? No, todo el mundo está callado y hace como si viviera feliz aquí, como usted.

Al viejo le sorprendió esta respuesta porque nunca lo había visto de esa forma y también por lo que el muchacho le dijo al final de su respuesta.

Siguieron conversando y el muchacho le preguntó al viejo la razón por la cual iba siempre bien vestido a pescar; el viejo le respondió que más que pescar, él acudía a una cita solemne. Al rato el muchacho le preguntó, ¿cómo y por qué había ido a parar a ese pueblo? El viejo le respondió que le contaría su historia completa y que esperaba que el muchacho tuviera buena memoria para que algún día la contara a alguien más, y así le comenzó a narrar lo siguiente:

—Yo vengo desde muy lejos, de la gran ciudad, desde mi niñez siempre fui sumamente rico y mis caprichos siempre fueron complacidos. Mi adolescencia y gran parte de la adultez la viví derrochando amores, eso me encantaba, aplicaba a mis relaciones con las mujeres un aforismo. —El muchacho le pregunta qué es un aforismo y el viejo se lo explica—. Una vez dijo, no sé qué gran filósofo, que: "ningún hombre se baña dos veces en las aguas de un mismo río", y así lo hice hasta que apareció ella en mi vida. La conocí en un lujoso bar de mi propiedad al que yo acudía todas las noches que quería conocer una mujer nueva y pasar la noche con ella, Averno se llamaba ese bar.

»Un día como de rutina fui al bar; ella de camino a su casa tomó una ruta diferente a la de todos los días, se topó con el nombre del bar, le llamó la atención y decidió entrar. Se sentó a mi lado, frente a la barra de mármol del bar y la vi a través del espejo que estaba a espaldas del cantinero, en ese momento ella cantaba una canción que sonaba y luego descubrimos que era la favorita de ambos. No me sorprendió su belleza en esa primera mirada que le di, y esto te va a sonar extraño, muchacho, porque para mí nunca existió una mujer más hermosa que ella. Como dice esa canción que a ella le gustaba mucho, no era la más guapa, pero sí era más guapa que cualquiera.

»Bueno, volvamos a lo que nos concierne, lo que más me sorprendió de ella fue su intelecto, superior al de todas las que conocí. Esa noche, de un momento a otro, entablamos conversación sobre muchas trivialidades, pero también de muchos temas importantes, era muy extraña la persona que me podía mantener una conversación medianamente inteligente al respecto, incluso expuso algunos argumentos que a mí me dejaron sin bases para responderle, *touché*, me decía ella en esos momentos y me sonreía sin saber que cada vez que lo hacía poco a poco se me llevaba un trozo de mi alma. Esa noche nos fuimos a nuestras casas muy tarde, casi a regañadientes, al llegar a la mía solamente pensaba en ella y en cada fragmento de nuestra conversación, luego ella me confesó que le sucedió igual.

»Al día siguiente fui de nuevo al bar con la única esperanza de volver a verla y de nuevo debatir con ella para obtener revancha, ignorando que ella terminaba su rutina diaria con afán porque esa noche regresaría al bar con el único propósito de encontrarme de nuevo, esa noche inconscientemente teníamos una cita.

»La encontré de nuevo y esa fue la cáscara que me hizo caer de lleno en sus encantos, de nuevo conversamos y cada vez que me miraba, sus ojos se convertían en lo más bello que jamás vi, es que si tú los hubieses visto una vez en tu vida coincidirías conmigo, ¿ves ese color de fuego del mar cuando le dan los últimos rayos del sol? Sus ojos eran algo así. Después de esa noche tuvimos dos o tres citas más fuera del bar y poco a poco nos fuimos enamorando perdidamente el uno del otro, descubrimos que teníamos muchas cosas en común, pero la pasión que hizo que nos entregáramos en pleno, el uno al otro, fue el mar. Frente al mar nos dimos nuestro primer beso y allí oficialmente nos convertimos en un solo ser, íbamos al mar muy seguido, teníamos un álbum de fotografías al que ella nombró "El mar, él y yo". El mar era su lugar favorito, un día me dijo que si reencarnaba en alguna cosa le gustaría que fuese en una palmera frente al mar o en el mar mismo, aunque para ella el mar era un dios y decía que era muy egocéntrico querer reencarnar en un dios. Los días, meses y años fueron pasando y cada vez uno era más feliz que el otro, su sonrisa en cada despertar me alegraba la vida y lo único mejor que dormir con ella era despertar a su lado. Uno de esos tantos días felices que me regaló a su lado, fuimos por enésima vez al mar, caminábamos descalzos sobre la arena mientras me sujetaba la mano y comenzó a recordar el día en que nos conocimos.

—Tuvieron que pasar muchas coincidencias para que tú y yo nos conociéramos ese día —dijo.

—Una vez le oí decir a un gran escritor que las coincidencias son, por lo general, enormes obstáculos en donde tropiezas, aquella clase de pensadores han sido educados sin saber nada de la teoría de las probabilidades —respondí.

—Explícame.

—Cuando yo estudiaba en la universidad, había una profesora que me gustaba mucho, sus clases iniciaban y finalizaban los mismos días, a las mismas horas que las mías. Su aula de clases estaba situada al lado de la mía, la universidad tenía una sola entrada y una sola salida, ella iba tres veces a la semana vestida de blanco y al ser el blanco mi color favorito, habitualmente yo también iba así. Muchas veces me encontré con ella el mismo día, varias veces, en la entrada ambos vestidos de blanco, entrábamos juntos y conversábamos en las escaleras y al salir allí nos veíamos de nuevo camino a la salida, esto nos pasó muy seguido.

Para un novelista empedernido eso era una serie de casualidades que nos terminarían enamorando, pero realizando una operación matemática simple, sumando todo lo que te dije hace segundos, en verdad aquella profesora y yo teníamos un noventa y cinco por ciento de probabilidades que nos sucediera aquello.

—Entonces eres un escéptico para eso del destino.

—Exacto, para mí la vida, al igual que el universo, está sujeta a entropía.

—¿Qué es la entropía?

—Es una teoría que dice que todo en el universo está regido por el caos, en la cual, algunas veces vas a ver mucho orden, no obstante, la razón de ese orden es generar más caos, así como los ríos cuando se juntan creando un cause que genera más fuerza que arrastra a su paso múltiples cosas. El camino habitual a tu casa siempre se tornaba tranquilo, no obstante, gracias al caos de aquel día, estaba cerrado, eso ocasionó que te acercaras a mi bar Averno, dicho nombre te atrajo mucho, fue caótica la multitud en el bar y así la vida te sentó en la única silla que se encontraba vacía, exactamente junto a mí, sonando una canción de nuestro agrado, desde ese mismo momento, nuestra canción favorita; todo ese caos nos llevó a conocernos —le dijo.

—En todo lo que ocurrió ese día, yo solamente veo orden —replicó ella encogida de hombros.

—Es el orden del caos, como te dije, el orden solamente se suma para generar más caos —le respondí.

—O sea que esa entropía de la que tanto hablas y que genera tanto caos, ¿tarde o temprano nos va a separar? —dijo ella con gestos tristes.

Yo le sonreí alegremente, le sujeté las dos manos con parsimonia y la invité a meternos al mar en esa posición, al estar dentro, el mar embravecido nos chocaba con sus soberbias olas y ella me soltó una mano, pero rápidamente la abracé y así permanecimos medio minuto hasta que le dije que saliéramos. Al salir le miré sus hermosos ojos y le dije:

—Esas olas fueron la entropía del universo intentando separarnos, pero ya viste como uno aferrado al otro, pudimos permanecer juntos, así te invito a que andemos por el mundo aferrados el uno del otro y que nada ajeno a nosotros que intente separarnos lo logre y que, así como estemos juntos en el orden, también lo estemos en el caos. Luego le besé la frente, ella susurró un te amo y fundimos nuestros cuerpos en un abrazo.

Y esa es mi historia, muchacho, un par de años después, la misma entropía le arrebató la vida, después de eso doné todo lo que poseía y me vine a esta tierra encantadora a estar con ella.

—No lo entiendo, señor, si ella murió, ¿cómo vino aquí a estar con ella? —preguntó el muchacho un poco confundido.

—Como ella lo deseaba, logró reencarnar en el mar, por las tardes vengo aquí a hablar con ella y a ser feliz —respondió el viejo.

—Increíble —dijo el muchacho sorprendido—. ¿Por qué hoy al fin se decidió a hablarle a todo el mudo y a contarme su historia?

El viejo se puso de pie en el límite del muelle, una lágrima gruesa rodó en su mejilla y con una sonrisa dulce antes de lanzarse al mar y no volver a salir jamás, dijo:

—Porque hoy dejaré de sufrir callado, hoy, al fin, seremos el mar, ella y yo…

Sempiterno de un amor

Por Laura D Lamarck Nagles

Esta historia no es un relato inventado por la mente de una persona, tristemente está basado en una historia real, como conocedora de los hechos se los compartiré.

Todo inicia con un hombre joven que conoció a una mujer, quien se encantó sus ojos al instante, la unión de estas dos almas cuyos destinos nunca se separaron, las hizo permanecer unidas hasta el final de esta corta, pero sustanciosa narración. En esta relación todo transcurría como debía pasar, ambos demostraban su felicidad ante las demás personas, pero la pregunta era: ¿quién enseña la parte negativa de su relación? Yo diría que nadie.

Ante los demás espectadores ocurrió una ruptura por sucesos inesperados, el amor de Hektor y Azucena, nuestros protagonistas, era lo suficientemente fuerte para perdurar a pesar de todas las dificultades que aparecían en el camino, ellos mostraban que, desde que se conocieron, floreció un amor lo suficientemente fuerte para unirlos de por vida. Como compañeros de vida, su amor duró más de nueve años, pero, como toda historia de amor, o en la mayoría, la unión no fue para siempre. Sí..., se separaron, nadie lo esperaba, ambos se seguían amando, pero de una forma fragmentada y rota. Todo debido a una traición culposa. Esta traición destruyó por completo el dulce y feliz corazón de Hektor y, por si fuera poco, los demás testigos aseguran que destruyó por completo su futuro, de haber seguido su camino juntos. El hombre se hubiera salvado, pero no soy Dios para determinar si esto realmente hubiese ocurrido, quién sabe si Hektor seguiría con vida, solo Dios lo sabrá.

El amor y la vida misma nos hace cuestionarnos muchas cosas a razón de su existencia en nuestro entorno y en nuestras experiencias durante el ciclo de la vida. Nos preguntamos: ¿Qué es la vida? ¿Qué es el amor? ¿Amar es aquello que nos da felicidad? ¿Es aquello que nos llena, pero que puede ser frustrante de no tenerlo o es simplemente una reacción química? El hombre anteriormente mencionado, entregó la mayor parte de su vida al trabajo, pues era lo único que le daba ganas, un propósito o pautas para seguir viviendo y que además le permitió ocupar todo su tiempo tras la traición de la mujer de su vida. El constante trabajo le impidió darse el tiempo para pensar y dejarse consumir por aquello que ocurrió.

Esta mujer había sido el único corazón que hizo que tuviese quietud en su existencia y la única persona a la que entregó todo su ser, pero a falta de este corazón, nada volvió a ser igual, nada lo llenó, solo iba mujer tras mujer, pero nunca nada, el vacío seguía ahí, consumiéndolo. El profundo vacío que dejó fue tanto, al punto de que Hektor enloqueció, incapaz de tener algún tipo de tranquilidad o felicidad, solo dejando satisfacer sus necesidades carnales, pero no su espíritu. A pesar de que se mantenían en comunicación, no estaban juntos, él no perdonaría su infidelidad, su deslealtad. Aún con todo esto, no podía abandonarla y dejarla a su suerte, pues habían pasado muchos años de su vida juntos.

En una conversación que tuvo con una oruga, esta le preguntó qué significaba la felicidad para él, a la cual solo pudo contestar:

—La felicidad era aquellos momentos fugaces, en los que, solo en ocasiones, podía sentir una chispa de alegría en su interior. La felicidad no existía para él, simplemente eran momentos pequeños los que construían la felicidad, tal como una sensación de un minuto, una prueba de que esta no era algo constante en la vida de una persona. La gente siempre va en búsqueda de su felicidad, pero sin saber que no es permanente, que en cualquier momento puede desaparecer o ser arrebatada.

Después de esa respuesta la oruga solo asintió y desapareció satisfecha con aquel pensamiento en mente. Las preguntas que solía hacerse Hektor, cuando tenía la oportunidad de estar solo y pensar, eran: ¿Por qué, Dios? ¿Solo, por qué? Se decía internamente: "Qué hice yo, un ser que solo quería tener felicidad junto a alguien, quería construir algo que nunca tuve, llenar un vacío que nunca se llenó, me siento solo, quería una familia junto a la persona a la que entregué mi corazón y un anillo para sellar un destino que nos llevara a una casa llena de nietos y, habiendo cumplido nuestras expectativas y ciclo de vida con la satisfacción de habernos amado de por vida y permanecido juntos, llenar aquel hogar soñado del amor que nunca pude recibir de parte de mis progenitores".

El motivo de la traición de Azucena hacia Hektor fue la aparición de una pequeña semilla, un ángel que iluminó la vida de Hektor, pero he aquí la pregunta que él se hacía al momento de reprocharse así mismo por qué las cosas no le salían como él quería: "¿Por qué yo? ¿Por qué? Intenté encontrar mi felicidad, pero no… tristemente aquel ángel no era fruto de ese amor, aquella semilla no la había sembrado Hektor, era una mentira que duró seis escasos meses después de su nacimiento y que tal vez pudo ser toda una vida, aquella semilla de nombre Lirio la había sembrado otro hombre, y ese suceso fue suficiente para que iniciará la locura, la infelicidad y la inexistencia del amor. Para Hektor ya era suficiente, si te le acercabas a preguntarle qué era el amor su respuesta sería:

—¿Amor? No, no lo hay, no existe.

Después de algún tiempo, Hektor encontró a otra chica de su gusto, era una chica bastante preparada y estudiosa, esta chica de nombre Eris, era una abogada especializada y con varios doctorados. Ella llegaba a los niveles de vida a los que él aspiraba, pero como nadie era perfecto en esta vida, esta chica pensaba que aquellas personas que no estaban a su nivel eran inferiores. Detestaba a la familia de Hektor, pensaba que eran personas de una baja calaña completamente inferiores a lo que ella quería ser, además trataba de forma muy negativa y repelente, por no llamarle tóxica, a Hektor. Para ella, él nunca cumplía sus expectativas, siempre le pedía que cambiase, pero aun cuando él lo intentaba, le decía:

—Tú nunca cambiarás.

¡Ah!, se me olvidaba agregar que esta chica, con complejo de inferioridad, orgullosa y egocéntrica, rechazó dos veces a Hektor cuando él decidió pedir su mano en matrimonio. Lógicamente, está situación devastó por completo al hombre, ¿quién no quedaría devastado tras aquello?

Hektor ya cansado de intentar algo con Eris, de recibir constantes malos tratos y rechazos por parte de ella, se cansó, su segundo intento de estar con alguien lo detuvo, aún más, de intentar pensar en el amor.

Durante este tiempo una serpiente apareció, esta era una serpiente joven, con demasiado veneno en sus colmillos y una piel dorada para llenar los ojos de cualquier animal con chispas y destellos de codicia, aquella piel era lo suficientemente fuerte, tersa y bonita para llamar la atención de sus presas. La serpiente dorada, a su paso, ocasionaba pudrición, caos, maldad, oscuridad y, lo peor de todo, muerte. Pero sus presas no eran capaces de verlo, embelesados por el dorado de su piel, siendo una ilusión que la serpiente mostraba en su exterior, tal como el oro, y aun cuando solo era piel mezclada con sustancias capaces de llamar la atención, había un interior tan horrible como los nueve anillos del infierno de Dante Alighieri.

Aquella serpiente logró treparse y enroscarse en el cuello de Hektor, tal como una bufanda dorada, era un premio que Hektor había atrapado para mostrar a otras criaturas, su utilidad era llenar vacíos carnales, consolar a un hombre perdido y ser solo una compañía en fiestas sociales. Tras mucho tiempo y la confianza de Hektor puesta en la serpiente, está aprovechó e inyectó su veneno en aquel hombre que, a fin de cuentas, solo era un niño asustado que quería felicidad en el mundo que lo rodeaba. A unos días de haber terminado su relación con Eris, Hektor murió después de que la serpiente inyectara el veneno en su cuerpo. Solo podremos decir, ¡maldita serpiente!

Todo esto no hubiera ocurrido si hubiese escuchado los consejos del canario que lo acompañaba siempre, este pajarito estuvo con Hektor desde el inicio de su vida, era nada más y nada menos que parte de su familia, de hecho, el miembro más importante de su familia, incluso más que su madre.

A pesar de los constantes consejos del canario, nunca escuchó su cantar, era una criatura maravillosa que siempre estaba a su lado, pero que a fin de cuentas no llenaba su triste soledad.

—Canario, déjame en paz. Seguiré tu consejo, lo intentaré. —decía Hektor, pero a fin de cuentas nunca lo hacía. Solo oía en vez de escuchar.

—Hektor, por favor, escucha mi cantar, salva tu vida..., estás a tiempo. No quiero perderte y mucho menos por esa serpiente —decía el canario.

Todos los intentos del canario por ayudar a su hermano fueron en vano. La serpiente ya había clavado sus colmillos en el cuello de Hektor, era demasiado tarde para retroceder en el tiempo y tratar de cambiar todo lo que había sucedido. Las súplicas del canario no fueron suficientes, era su pequeño hermano, una parte importante de su vida y su confidente a quien solía recurrir cuando tenía problemas de cualquier índole.

Tras la muerte de Hektor, el canario se preguntó por qué se había ido, todavía no era su momento, de hecho, era demasiado joven aún, por qué lo había abandonado.

El canario lo amaba, el amor de hermanos, en este caso, era mucho mayor que cualquier otro amor. El amor del canario no era suficiente para salvar aquella vida que, tras sucesos desafortunados, fue apagándose. Hektor quería creer en el amor y en la vida, pero, tal vez, también quería descansar. Cansado de todo el sufrimiento de una vida de infortunios, marchita tras el veneno de una serpiente y de la anterior pérdida de Azucena y de su Lirio; el constante malestar quejumbroso de Eris en su vida, no pudo resistir y simplemente se esfumó. Había sido muy fuerte hasta entonces, más de lo que cualquier persona lo hubiera sido, soportó demasiado hasta el final de sus días.

La vida de Azucena fue debilitándose tras la muerte de su amado, pero no podía esfumarse, estaba el Lirio y este era el último impulso de Azucena para continuar con su vida, aun cuando Hektor no seguía a su lado.

El canario lloraba por Hektor todos los días, semanas y meses, lloraba esperando que su pérdida hubiese sido solo una pesadilla, esperaba que su cantar llegara a él, siempre se preguntaba si Hektor se fue sin sentir su amor, sin saber que tenía su apoyo y amor incondicional. Este hombre misterioso de pronto lo sabía y lo había sentido, pero no era suficiente, o quién sabe. El amor es algo que trasciende más allá del mundo físico, un gran apego que puede ser el inicio o el final de alguien. Esta es la historia de Hektor, un guerrero en el coliseo de la vida, que buscaba derrotar aquello que impedía su felicidad, con el amor como escudo. Pero el amor no siempre es salvación.

Hektor, toda tu familia te ama, tal vez no era suficiente para ti el amor que te brindamos, ni tampoco llenaba el vacío que tenías en tu alma, pero, aun así, espero que te hayas ido sabiendo cuántas personas te quieren y querían, te apoyaban y admiraban. Perdiste una batalla en la tierra, pero ganaste una en el cielo. Te amamos y nunca te olvidaremos, con amor te escribo esto de parte del canario y del resto de tu familia, haremos justicia por tu vida. Un amor con un principio, pero no un final. Hasta entonces nos volveremos a ver en algún lugar mejor. Te amamos.

El maestro de la velocidad

Por Juan Camilo Torres Garcés

Pronto va a amanecer…, la noche aún respira misteriosa como ama suprema, tanto del espacio como del tiempo, su abrazo lleva descanso a todos los espíritus donde la flama eterna de la vida respira gloriosa, esto los llena de energía por medio de un placentero sueño. Los ríos producen ecos amables que perturban la dominante fuerza del silencio; las almas aladas de la noche como los búhos, murciélagos, lechuzas, polillas, se abren paso en medio de las tinieblas batiendo sus aerodinámicas alas y las luciérnagas exploran los aires con sus alas membranosas llenando de luz la oscura alma de la noche… son como un millar de fulgores incandescentes que otorgan belleza, dualidad y orden, son como las estrellas fugaces que resplandecen en medio del firmamento, en medio del vacío propio del cosmos llenándolo de esplendor, pero las luciérnagas son las estrellas vivientes que le dan luz a las noches en el planeta Tierra.

Las estrellas iluminan los cielos como chispas eternas junto a su madre… la luna cobija los dominios del planeta Tierra mediante su elegante luz plateada, como la dama suprema que gobierna en la noche, refractando de manera perfecta la luz gloriosa del sol. De repente, desde las montañas de oriente surge poderoso el sol cobijando el mundo, revelando cómo los bosques, desiertos, páramos, lagos, praderas, selvas y océanos viven todos juntos como hermanos permitiendo equilibrio en este hermoso planeta y posibilitando vida en su máximo esplendor. Bajo los tempranos rayos solares, a lo alto de un gran pico nevado, en medio de varios árboles cubiertos por nieve blanca, se encuentran tres personalidades auténticas, carismáticas y llenas de mucho poder. Uno de ellos es Lucas: el Señor de la Luz, todo su cuerpo está compuesto por células luminosas, sus cabellos son rizados de tonalidad dorada, ambos ojos son semejante a estrellas doradas de luz y viste una armadura ligera de plata luminosa. Lucas tiene la capacidad de moverse a la velocidad de la luz.

Junto a Lucas se encuentra Verónica: la Reina del Relámpago, todas las células que componen su cuerpo son de relámpago azul que chispea existencia, sus lisos cabellos caen hasta su delineada cintura, cual cascada eléctrica, los cuales están compuestos por chispas púrpuras; sus ojos son de voltio plateado. Ella viste un precioso vestido de electricidad blanca y desde su espalda, nacen cuatro alas, siendo el par superior más grande que el inferior, semejantes a las de las hadas, las cuales aletean al ritmo indomable del relámpago, lo que la convierte en alguien sumamente veloz.

El tercer individuo es Sebastián: el Emperador del Sonido, todo su cuerpo está compuesto por células sónicas de tonalidad verde clara, sus cabellos crespos caen hasta sus hombros, cuya composición es de viento sónico y ambos ojos son de luz sónica, viste un elegante gabán de tela sónica y desde su espalda surge un par de alas cuyas plumas son de plasma sónico lo que le permite deslizarse a la velocidad del sonido.

Ellos tres, Lucas, Verónica y Sebastián se encontraban en la cima de esta montaña helada, ya que habían pactado este día hacer una carrera para ver quién de los tres era el más veloz de todos, ya que eran ellos los seres más rápidos en todo el universo, el ganador sería conocido como: el Maestro de la

Velocidad. Todos hablan de cómo la luz es infinitamente veloz, tanto en el día como en la noche, pues invade cada rincón de la creación, dice Lucas. Verónica afirma que los relámpagos son indomables y nada pueden detenerlos. Además, Sebastián dice que los ecos del sonido son rápidos como una estrella fugaz. Después de esta plática se preparan para dar inicio al evento que los convoca a los tres más veloces, audaces, intrépidos, dominantes e indomables de los dos mil billones de galaxias.

Cuando los tres terminan de calentar, cuando Lucas estira todos los miembros luminosos de su cuerpo, cuando Verónica alista sus alas al igual que Sebastián, desde el cielo, montada en una nube dorada llega Sophie: la Madre de las Nubes, ella es quien ordena a todas las nubes que abrazan al planeta Tierra que floten hasta los lugares que necesiten lluvia; ella será quien dé la señal que iniciará la carrera.

Finalmente suena la señal de parte de Sophie y estos tres competidores dan rienda suelta a su agilidad; Lucas corre poderosamente a la velocidad de la luz, Verónica vuela a la velocidad del relámpago y Sebastián surca los aires a la velocidad del sonido. Durante la carrera pasan primero por los Bosques del Hielo, lugar donde la intensidad del líquido sólido hace sinergia con el orden de los bosques, los cuales permiten que la vida resplandezca como un don de infinito valor, los tres se desplazan conforme a su velocidad entre los árboles, avanzan indomables como almas frenéticas dejando de lado la pasividad, la pereza y la mediocridad. Al dejar los fríos territorios de este bosque, entran a una enorme llanura conocida como el Campo Sagrado, cuyos pastos están compuestos por energía de tonalidad plateada, mientras avanzan, se cruzan con una gran manada de caballos salvajes, algunos de color castaños, otros negros, muchos con amarillo crema y pocos blancos; la crin que adorna sus cuellos se deslizan, con un encanto natural, al ser acariciadas por la gracia del viento, todos galopan generando una gloriosa estampida rica en gallardía, fuerza, libertad y voluntad. Los tres pasan cerca de ellos, superando sus velocidades y dejándolos atrás.

Lucas, Verónica y Sebastián llegan a una costa en cuyo extremo se encuentra un gran puente compuesto por duro arrecife de coral, rico en todos los colores, esta gran construcción es conocida como: el Puente Coralino, al cual entran en su marcha frenética de velocidad. Este conecta dos continentes y sobre él estos se desplazan a una velocidad infinita, tanto corriendo como volando, los competidores frenéticamente.

Al llegar al otro continente entran a un gran desierto llamado: El Pulgar del Sol, desplazándose bajos los intensos rayos del sol y sobre la suave arena; ni siquiera la hostilidad de este desierto, ya que es el más grande de todos, logra agotar sus energías. Los tres en su carrera, en su travesía, pasan por la Cueva del Plasma, espacio donde todas las rocas están compuestas por plasma azul que emite un fulgor mítico; atraviesan el Bosque de la Esperanza, cuyos árboles producen el oxígeno de la esperanza y todos los humanos que lo respiran son cautivados por la gracia de esta virtud admirable. Cruzan también las riberas del gran Río Eterno, avanzan en sentido contrario de este precioso cuerpo de agua dulce y sobre la Jungla Nubosa, espacio lleno de árboles, cuyas hojas son pequeñas nubes que contienen agua, viento, relámpago y hielo.

Finalmente llegan a los cimientos del Páramo Precioso, recibe este nombre ya que enormes gemas preciosas como crisoberilos, ágatas, diamantes, granates, esmeraldas, cuarzos, zafiros, jaspes y muchas más, adornan este lugar.

Ellos suben constantemente abriéndose paso en medio de las piedras radiantes hasta que finalmente llegan a la cima, pero se sorprenden al notar que alguien más llegó antes que ellos. Allí se encuentra sentado Rose: el Amor, todas las células de su cuerpo están formadas por amor rosa claro, sus cabellos ondulados son de tonalidad rosa intensa, viste una blusa, un pantalón y un cardigán tejidas de amor rojo y ella puede volar a voluntad igual que el amor en el corazón de la humanidad.

Ella les explica que no llegó a tiempo al inicio de la competición, ya que se encontraba ayudando a una población a construir sus casas, les dice que cuando llegó a la cima del pico nevado, Sophie le dice que hace poco iniciaron la carrera así que ella empieza a competir, los alcanzó cuando atravesaban el Puente Coralino y pasó tan rápido que ninguno de los tres la sintieron.

Rose afirma que el amor es la fuerza más veloz del universo ya que une el corazón de todos a una velocidad infinita. El amor vuela por todo el planeta Tierra de manera instantánea y puede encontrarse al mismo tiempo en muchos lugares. Los tres aceptan la derrota, pero Amor los anima diciéndoles que ellos son muy importantes y que sin sus recursos la creación no sería la misma. Afirma que la luz con su chispa victoriosa puede revelar toda la belleza existente, mostrando el esplendor de toda la creación, que la luz muestra todas las cosas y por eso se les conoce; que el relámpago manifiesta el carácter de la creación e inspira su poder, que en la esencia de los relámpagos se concentra de manera pura la magnitud de la naturaleza; que el sonido llena de bienestar los oídos de todos los vivientes, llena de placer y acaricia el espíritu de toda la humanidad.

Así, Rose renuncia al título de Maestro de la Velocidad y prefiere hacerse amiga de Lucas, Verónica y Sebastián, desde entonces, los cuatro viajan libres por todo el mundo sirviendo a la humanidad para fortalecer el presente y construyendo, al mismo tiempo, los cimientos de un futuro lleno de esperanza, también, los cuatro llenan de esplendor todos los rincones propios del hogar de la vida, del hogar de todos, este maravilloso mundo al que llaman planeta Tierra.

Para viajar, construyen un enorme barco volador con madera sónica de tonalidad verde clara, que cuenta con seis propulsores ubicados en la parte baja y uno enorme, posicionado en la parte trasera. Todos estos propulsores impulsan a la nave en los aires por medio de chorros luminosos de luz dorada, todas las velas están hechas con fibra de relámpago azul y el timón es de diamante amoroso que presenta una tonalidad rosada clara. El timón dirige esta estupenda nave voladora, ya que la influencia del amor es la fuerza que puede dirigirlo absolutamente todo, no hay nada que pueda dirigir mejor las cosas que el amor mismo.

Sebastián, Lucas, Verónica y Rose abordaron la nave, la cual se deslizaba en medio de las nubes blancas. Primero llegaron a un poblado ubicado al oriente del mundo llamado Mareaux, allí descubrieron que todos necesitaban más alimentos, ya que sus cosechas no habían sido suficientes, así que los cuatro se ponen manos a la obra para ayudar. Sebastián y Rose logran expandir el terreno de cultivo, Verónica y Lucas pueden conseguir una gran cantidad de semillas de árboles que tienen la capacidad de producir muchísimos frutos y adaptarse a cualquier ecosistema. Los cuatro juntos cultivan todas las semillas y empiezan a abonarlas, regarlas y cuidarlas con todo lo necesario. Con el tiempo germinaron hasta convertirse en enormes árboles que producen muchos frutos deliciosos, además de ello, esta especie arbórea es el hogar favorito de las abejas así que muchas colonias construyen sus panales allí.

Gracias a todo esto, todos los habitantes de Mareaux y sus ganados tienen muchos frutos para alimentarse, además también tienen miel para comer.

En su travesía aérea siguen viajando para ayudar a la humanidad, de repente, desde el occidente se les aparece Sophie volando sentada sobre su enorme nube dorada, los saluda y vuela junto a su barco un buen tiempo en medio de los enormes algodones celestiales y de las nubes del cielo. El viento de lo alto danza con el cabello de nuestros viajeros y acaricia con una delicadeza natural sus rostros: el rostro luminoso del Señor de la Luz, el rostro sónico del Emperador del Sonido, el rostro relampagueante de la Reina del Relámpago y el rostro amoroso de Amor.

Finalmente llegan a la Cúspide de los Cielos, esta enorme cúpula nubosa que se encuentra cimentada sobre una enorme nube de platino, allí es donde la Madre de las Nubes coordina toda la actividad de las nubes que viajan a nivel mundial. El agua es como la sangre del planeta Tierra, es el líquido precioso que posibilita la vida, viaja por todo el mundo, por medio de los ríos, lagos y demás, también viaja en a través nubes del cielo para caer por medio de la gloriosa lluvia; Sophie se despide y entra a su enorme cúpula para cumplir con su tarea.

Rose conduce el timón del enorme navío aéreo, mejorando la calidad de vida de toda la humanidad, junto a sus amigos siembra ríos donde se necesita agua, llenan de alegría donde reina la tristeza, escuchan a quienes se sienten solos, enseñan sobre virtudes como la paz, la valentía, el amor, la alegría, la tolerancia y la disciplina para fortalecer la mente de los mortales. En sí, todos trabajando en equipo mejoran y construyen el bienestar global; en su tarea trabajan arduamente teniendo la certeza de que su esfuerzo no es en vano y que, si todo es dirigido, abrazado e inspirado por el amor, tendrá una esencia indestructible para brillar así eternamente. Todo cuanto se diga o se haga bajo la fuerza del amor, todo lo que se influencie por su gran carisma, son hechos prósperos, gloriosos, eternos, perfectos e indestructibles.

Amor entre líneas

Por Daniela Suárez Hernández

La noche del 14 de febrero era la más importante para ella, ya sus amigos le habían contado que ese día él la invitaría al baile. Desde muy temprano empezó a buscar su traje ideal y, al caer la tarde, se reunió con sus amigas en la peluquería para ponerse más bella. Como siempre, imaginaba, cual niña, cómo sería aquel encuentro excepcional, hacía charlas y gestos frente al espejo para no arruinar ese momento. Hacía tres años no lo veía y él se había caracterizado por una ausencia dolorosa que solo podían causar aquellos que trabajaban en el ejército a sus seres queridos. Sin embargo, ella guardaba su amor como lo más sagrado y puro que tenía en la vida, lo consideraba un regalo de Dios.

Ese día, cerca de las 7 de la noche, alguien llamó a la puerta de su casa, empezó a sentir mariposas en el estómago, que casi le hacen vomitar, se sonrojó y su corazón latía como el de un colibrí. La noche la observó e hizo iluminar sus estrellas con mayor intensidad, en el aire todos guardaban la esperanza de aquel encuentro, pareciera que todo esperaba su llegada, su habitación nunca había estado tan ordenada, su cabello tan brillante y su sonrisa tan bien puesta. Pero no, no era él...

A las 8 de la noche, el timbre volvió a sonar y esta vez con menos ilusión, se asomó por la ventana hacia la puerta, ¡oh, sorpresa! ¿Qué veían sus ojos? Allí estaba su amado vestido de negro con rojo, traía una rosa despampanante en la solapa de la camisa, un saco y pantalón de dril y unas zapatillas bien lustradas... El corazón se le hinchó de emoción y sus ojos brillaron más que las estrellas en el desierto, su mente no conectaba con su lengua y por bajar las escaleras con tanta prontitud, se cayó. No pasó un segundo, cuando ya se encontraba de pie en el pórtico, pero para su sorpresa, él ya no estaba.

Su mente se nubló, no entendía qué pasaba, lo buscó con la mirada por la acera, pero solo vio un automóvil alejándose entre la niebla, no entendía lo sucedido. Pasados unos minutos, cuando su mente estaba más clara, dirigió su mirada al suelo con tristeza y observó una carta, el remitente era John, su amado John, la tomó con fuerza, se la llevó al pecho y con un suspiro empezó a abrirla, temiendo lo peor. No quería leerla, no sabía por qué sentía vacío y desesperanza, algo le decía que las cosas no estaban bien. Finalmente decidió abrirla:

Querida Any, mi amada Any:

Han sido muchas noches en centinela las que me he pasado pensando en ti, hubo momentos oscuros, donde los enemigos nos atacaron y yo solo pensaba en ti. Por mucho tiempo fuiste mi primer pensamiento al despertar y el último al dormir. Cuando no había qué cenar y las jornadas eran extensas, tu foto era el único alivio que encontraba, agradezco tanto haberte tenido en esos años, no imagino mi suerte sin el alimento lejano de tu amor.

Siempre tuve claro que, al salir del ejército, te buscaría y me casaría contigo, inconscientemente en esos tres años, sentía tu amor, dirás que estoy loco, pero lo sentía... Pasé muchas noches planeando cómo te lo iba a decir, imaginando tu reacción y soñando con cada detalle de nuestra boda, los invitados y, posteriormente, la luna de miel. También imaginé nuestras vidas juntos, nuestro hogar y los dos pequeños que siempre me dijiste que querías tener desde que nos conocimos, sería un hermoso hogar... Pero

Any, mi querida Any, las cosas no siempre resultan como uno las imagina, el destino es cruel y obstinado en separar aquellos que se aman, he cometido un error, un error garrafal en medio de tanta oscuridad.

Any detuvo la lectura y suspiró, sus ojos se llenaron de lágrimas y la rabia se apoderó de todo su cuerpo, sintió que no quería leer más, pues se esperaba encontrar con lo peor, que tenía otra novia, esposa o tal vez hijos... Así que decidió no volver a leer y destruir la carta. Se maldijo un millón de veces por ser tan tonta, miró al cielo y se preguntó el porqué de aquella situación, se sintió débil, sin ánimo y al final, después de tanto llorar, se quedó dormida.

Pasados dos días de dolor y consternación, Any salió al jardín a tomar un poco de aire fresco, el olor a rosas, los múltiples colores de las bancas del parque, una capilla con biseles espléndidos en el fondo y la fuente jugando con las palomas y el agua en el centro del parque, le tranquilizaron un poco, ver otras personas le hizo olvidar, por unos segundos, la tristeza que la invadía. Sin embargo, al ingresar de nuevo a su habitación, recordó el momento donde vio partir a John entre la penumbra y el descontento con el que rompió la carta. ¿Por qué la rompí? ¿Por qué no tuve el valor de leerla? ¿Por qué no perseguir aquel auto?, se cuestionaba Any, tal vez, si hubiese leído hasta el final la carta, no tendría tantas preguntas sin responder, habría entendido lo que quiso decir John, pero su premura e ira indescriptible no le permitieron ver con claridad.

Any reflexionó sobre cómo los ojos se hacen ciegos ante acontecimientos que no se quieren asimilar, ¿cómo preferimos vivir en el confort de la vida equilibrada y huir ante el mínimo riesgo?

—¡Qué cobardes somos los humanos cuando de sentimientos crudos se trata! —susurró.

Decidió pasar por las calles donde paseaba con John para ver si el destino los encontraba, caminó por la Floresta, posteriormente por el bulevar de La 70 y finalizó en Laureles, sin tener éxito alguno, solo un viejo amigo en común le comentó que había oído que John se marcharía de nuevo en pocos días, estas palabras la inquietaron, por lo que decidió ir directamente a su casa, tal vez, allí los padres de John le darían razón de él.

Al caminar por la acera, justo antes de llegar a la casa de John, vio la silueta de un hombre en el pórtico de la puerta, llevaba una chamarra de *jean* azul, pantalón negro y zapatos blancos, lo reconoció de inmediato, era John, su amado John, lo vio con un pequeño equipaje en la mano, dedujo entonces que se iba de viaje. Corrió tan rápido para intentar detenerlo, casi como un niño cuando escucha llegar el auto de helados, se le secó la garganta, sus ojos eran llorosos y el cabello se le enredaba con la brisa, corrió como un atleta a punto de llegar a la meta, sin embargo, no alcanzó a detener el auto en el que John se marchó, su frustración fue máxima y desde allí, no supo más.

Estas son algunas de las historias que me comparte Any mientras la acompaño a desayunar o le reparto sus medicinas, ella es la paciente de la habitación 3, los que llevan más tiempo en este lugar cuentan que estuvo casada, que fue muy feliz y siempre se le vio muy enamorada, también se dice, que tuvo dos maravillosos hijos con un teniente muy reconocido llamado John, quien lastimosamente fue abatido en la guerra de la comuna 13, su muerte fue informada por medio de una carta, la cual le causó tanto impacto a ella que terminó sus días acá, cuidada por nosotros, lo enfermeros del Hospital Mental de Antioquia. Sus hijos a veces la visitan los domingos, sin embargo, ella quedó atrapada en aquellas historias de amor que no ha podido superar, en varias ocasiones he tenido que doparla, pues llora con tanta desolación que no me permito verla así, he visto en ella el verdadero amor, el amor después de la muerte, el amor a pesar de la distancia, el amor sufrido, el amor soñado, el amor en tiempos de guerra.

La cita

Por Edilberto Valderrama Figueroa

Es curioso ver cómo el pasar del tiempo y su viaje nos cambia el sentido de los días, de la vida, de la rutina, sueles pensar en aquella tarde cuando aquel mensaje corto y sencillo daría alegóricamente vida a dos protagonistas intrépidos y al inicio de una historia de guiones grandiosa, de esas que se escriben con magia.

Con el paso de los días, aquel personaje que llamaremos, Marco Antonio buscaba diferentes formas poco convencionales para hacer llegar un mensaje a la protagonista de esta historia, la hermosa María Antonieta, quien tan solo sonreía con las ocurrencias de Marco Antonio. Poco a poco se empezó a dar una conexión sencillamente especial entre simpatía, canciones, historietas, cuentos, entre otros, que dio origen a la primera cita.

Cómo no recordar aquel día, cuando Marco Antonio, un poco nervioso e inquieto por la emoción del primer encuentro, tomó la ruta que lo conduciría a los aposentos de María Antonieta. Fueron unos minutos decisivos, pues el arduo trabajo de María Antonieta hizo que se diera un poco la espera, pero, para fortuna de Marco Antonio, la Bonita María Antonieta hacía presencia frente a él, después de una corta conversación telefónica.

Es aquí donde, en compañía de una malteada, entre risas y anécdotas, empieza a darse entre ellos una conversación que, para qué negarlo, fue sencillamente natural y genuina, poco usual hoy en día.

Fue un encuentro genial que daría vida a la siguiente cita, esta vez algo más sencilla, pero que igual contaba con la inexplicable magia que se da en ellos. Una tarde de fresas y un paisaje deslumbrante, en la cual Marco Antonio y María Antonieta compartieron vivencias de sus vidas, de sus recuerdos, de sus familias, de su niñez. El día no podría terminar mejor que en compañía de una impresionante tormenta de agua, camino a casa.

No podemos dejar a un lado las citas a la distancia, un encuentro de canciones emocionantes, las cuales eran de las queridas para Marco Antonio y María Antonieta.

¿Cómo se pueden imaginar el primer beso? Para Marco Antonio y María Antonieta se dio en medio de una noche de baile y música. Poco a poco sus cuerpos se acercaban, se miraban, se seducían en esa intermitencia en la que las palabras sobraban, pero la complicidad brotaba a flor de piel. Y, uno tras otro, sus labios se encontraban en aquel juego de la seducción.

Marco Antonio, como conductor novato, fue el causante de varios sustos a María Antonieta, pues para ella no es de su agrado este medio de transporte, pero, aun así, se dio la oportunidad de conocer el primer pueblo, un día lluvioso, pero de gran fortuna para ellos, pues pudieron compartir unas deliciosas comidas y la inigualable compañía. María Antonieta nuevamente perdía una apuesta decisiva por su desconocida forma de ubicarse en la ciudad.

Ahora bien, llegó un momento determinante, Marco Antonio se acerca a María Antonieta, le da un beso y mientras recorrían el camino a casa, las risas surgían, pues la apuesta se había perdido y María Antonieta daba un golpe contundente a Marco Antonio. Ella lo rodeaba con sus abrazos mientras le contaba las particularidades de su barrio.

Llegó el momento del pago y, por supuesto, de la despedida, el beso de María Antonieta y su sonrisa mientras se marchaba le decían a Marco Antonio terminaba el primer capítulo.

Dicen que las historias que se construyen con aventuras son las que recordamos siempre.

Ahora bien, esperaremos el segundo capítulo en el que Marco Antonio le dirá a María Antonieta si le gustaría vivirlo junto a él.

¿Será que María Antonieta acepta? ¿Cuál será el próximo destino? ¿Cómo la podrá sorprender Marco Antonio? No se pierda el próximo suceso de esta maravillosa historia.

Suspiros profundos

Por Luis William Segura Palacios

Anoche soñé contigo y fue el sueño más lindo que he tenido durante toda mi vida, ¿y sabes?, no quería despertarme por nada en el mundo, quería vivir ahí eternamente, no quería perderme ni un instante de ese momento tan maravilloso que estaba pasando contigo. Soñé que eras mía, tan mía como mi propia vida, como si ya te hubiese conocido hace 200 años.

Soñé que te besaba apasionadamente y tú, tú me correspondías de la misma manera, provocando tu excitación cada vez que tocaba tu cuerpo con las yemas de mis dedos, las cuales iban dejando mis huellas en cada parte de tu piel. Anoche, anoche por primera vez, puede hacerte el amor, después de tantas noches de haberte soñado, ¡qué momento!, cómo explicar cuando te quité tu ropa por completo, cuando te acostaste en mi cama y estabas desnuda, sonriente y con esa mirada que arrebataba mi alma y provoca ganas de hacerte el amor. Qué hermosa te veías, no podía creer que eso estuviera pasando, me parecía que era un sueño en mi propio sueño, pero lo estaba disfrutando como a nada en este mundo.

Anoche viví el sueño que siempre había querido, estar a tu lado tomado de tu mano y amarte infinitamente. Anoche dormí contigo y cuando desperté tú ya no estabas, me desesperé y volví a cerrar mis ojos para volver a verte, pero ya era demasiado tarde, entonces lloré, y a mí mismo me juré que, si volviera a soñarte, no abriría mis ojos jamás para no perderte, para así estar contigo y amarte eternamente. Anoche me enamoraste y, a la misma vez, me rompiste el corazón.

El arte de enamorarte

Por Mary Leidy Tangarife Tabares

Deseé verte muchas noches en mi cama, como lo hacías todos los días en mis sueños, pero era un sentimiento tan único, tan infinito y tan poco real que siempre pensé que quedaría ahí en mis sueños, en esa realidad que solo hacía parte de mi cabeza, en la cual éramos tan felices que el mundo se resumía a tu mirada perdida en la mía. Noches de amenas conversaciones que finalizaban en sonrisas, la más sublime invitación a seguir soñando con tus labios, tu cabello, tu cuerpo tan perfecto como irreal, tan efímero como duradero, tan incierto como verdadero y tan tú que me permitas ser yo, aún en mis sueños.

En uno de mis sueños decidí verte de nuevo a la cara, sin la perfección de mi ideal soñado, me permití dejar el miedo atrás de lo real y decidí conocer al amor, ese del que todo el mundo habla, pocos conocen y todos persiguen.

La búsqueda no fue fácil, lo era más cuando solo te imaginaba y llegabas tan perfecto, sin preguntas, condiciones, ni porqués, era más fácil cuando solo eras un sueño.

Un día, en medio de mi búsqueda incansable que daba pocos resultados y ya siendo incapaz de soñarte en tal perfección, me pregunté: ¿Este amor si existe? ¿Será producto solo de mi cabeza? ¿Encontraré en alguien real esa mirada que hacía sentirme tan irreal? ¿Sentiré, en algún momento, ese sentimiento tan único e infinito en la vida real? En ese momento de ninguna obtuve una respuesta que me complaciera.

Años más tarde, después de ya no pensarte, seguirte o soñarte, te encontré, sí, encontré el amor real, ese que te da la felicidad infinita y que te permite volar no solo en tus sueños si no a través de otros mundos, rompiendo las barreras y sintiéndote tan única y espacial que ningún sentimiento real o irreal se compara con la realización de sentirte cerca. Al encontrar a este amor me sentí tan libre, capaz, ágil e inteligente que jamás volví a dudar y ese día frente al espejo me respondí: Sí, existe este amor; no solo es producto de mi cabeza, hoy logro que los demás lo vean a través de mí, estoy enamorada por primera vez de lo que soy, de lo que sueño e imagino llegar a ser, estoy enamorada de mi verdad, de mi luz y de mi oscuridad, de mi cabello, cuerpo y labios. Por primera vez soy yo, de carne y hueso, enamorada de lo que siempre soñé ser.

Domingo en el parque

Por Angélica María Carolina Chaves Mosser

Es la mañana de un domingo de octubre, con el sol en todo su esplendor, pero cuya calidez ausente. Las calles están pintadas con una gama de colores que va del anaranjado más intenso al café más oscuro, acompañado de los tonos verdes del pasto. El viento juega con mi cabello, el paisaje se ve hermoso y puedo escuchar la hojarasca bajo mis pies crujiendo con cada paso que doy.

Saco mi cámara y empiezo a tomar fotografías, como cada domingo. Nuevamente veo esos ojos que me inquietan, esos que me miraron de una manera única hace unas semanas. Quiero salir corriendo a preguntarle su nombre, pero no sé si me miraba a mí o simplemente observaba el paisaje y tomé la foto justo cuando su mirada pasaba por el lente de mi cámara.

Tengo muchos nervios, necesito respirar un poco porque sigo inventando historias en mi cabeza y lo único que es cierto, en este momento, es que la cámara está bailando entre mis manos temblorosas.

Paso mi mano por el pasto para calmarme un poco, agarro de nuevo la cámara, miro a través del lente y ahí están. Vuelvo a ver sus ojos mirándome de esa misma forma, pero ahora sé que me está observando a mí con esos ojos color miel. Los más grandes y hermosos ojos que he visto.

Ya llevo unos treinta minutos aquí y no sé qué está pasando, simplemente estoy siguiendo su juego: caminamos, nos miramos, sonreímos y fingimos que vimos algo gracioso en el móvil.

¿Estamos coqueteando?

Tropieza con la raíz de un árbol y se me escapa una sonrisa, lo único que puedo hacer es voltear rápidamente para que no pueda notar cómo mis mejillas se enrojecen sin ninguna vergüenza. Y me digo en voz baja:

—No puedo más. Es todo por hoy. Me voy a casa y dejo de imaginarme cosas.

Han pasado cuatro horas y no dejo de sonreír cada vez que recuerdo lo que ocurrió en la mañana. Agarro mi abrigo, pongo un trozo de chocolate entre mis dientes y salgo al parque nuevamente, pero al llegar no veo sus ojos miel, ni su piel blanca, ni su bella sonrisa, ni su cabello rubio.

Es domingo nuevamente y me veo organizando mis rizos rojos en el reflejo del móvil mientras voy caminando directo a mi árbol favorito a sentarme con un termo lleno de té caliente. Al llegar noto una persona sentada del otro lado, sin darle mayor importancia, me siento a disfrutar del día.

Unos minutos después, una voz me habla preguntando si traje mi cámara. Me doy vuelta para responder y veo esos hermosos ojos. Mi corazón comienza a latir rápidamente y sin decir una palabra, pero con una sonrisa en los labios, me alegro de llevarla siempre en la maleta.

Comenzamos a hablar mientras le muestro unas cuantas fotos que he tomado. Cuando ve la suya, me mira, sonríe y saca de su maleta una especie de cuadernillo en el cual tiene dibujos que ha hecho. En las últimas hojas estoy yo, con mi cámara en ese mismo árbol. Es un dibujo asombroso.

Decidimos tomar algo en un café que hay a unas cuadras. Empezamos a caminar y sin ninguna razón nos tomamos de la mano. Luego sonríe, me mira y dice:

—Por cierto, me llamo Charlotte.

Y yo con las mejillas del color de mi cabello simplemente respondo:

—Un gusto, Charlotte. Mi nombre es Ellie.

Tardes de fútbol

Por José Arcadio López

Capítulo I

Para Evangelina las tardes de domingo con su abuelo para ir a ver al Unión Magdalena en el Eduardo Santos eran casi religiosas. Desde que tiene uso de razón, su abuelo la llevaba a ver los partidos al estadio y, casi sin darse cuenta, se hizo hincha a morir del club, tal y como él lo quería. A sus trece años de vida, nunca había visto campeón al club, es más, la mayoría de ese tiempo había visto al equipo jugar en la B. Pero no importaba, su abuelo le decía que el amor que existía por un equipo que no peleaba por nada, que jugaba en la B y que traía generalmente más decepciones que alegría, era un amor más verdadero que el hincha que seguía a un club que siempre era campeón.

—Es fácil alentar a un club en las buenas. ¿Pero el que alienta en las malas? Eso sí que es amor por un club.

Y esa tarde fresca de domingo en Santa Marta, con el equipo peleando por poder meterse entre los ocho primeros para entrar a cuadrangulares finales, respondían los hinchas fieles llenado las graderías del estadio. Poco a poco, el Eduardo empezaba a tomar color. Los bombos de la Garra Samaria Norte, la hinchada popular del ciclón, empezaban a sonar con los cantos de su hinchada. En la popular sol, en el lado oriental del estadio, los fanáticos del ciclón empezaban a llenar con banderas alusivas al barrio de donde provenían los muros del

Eduardo. En sur, los hinchas del equipo contrario montaban su fiesta también y en occidental los hinchas empezaban a acomodarse buscando su silla para prepararse para el partido. Entre ellos, Evangelina y su abuelo.

Los dos se acomodaron donde lo hacían siempre. En la parte central de la gradería occidental, desde ahí, el partido se veía mucho mejor que en cualquier otro lugar del estadio. En circunstancias normales, Evangelina estaría cantando las canciones del equipo, nerviosa por el pitido inicial y esperando, casi que, implorando, que lo único que quería era que su equipo ganara el partido.

Pero, su mente en ese momento estaba muy lejos de ahí.

"¿Será que lo veo por acá?", pensó Evangelina.

No es que no le interesara el partido. Solo que en ese momento le interesaba más otra cosa o, mejor dicho, otra persona. Evangelina miró a su alrededor a ver si lo veía. Sabía que muchos de su curso de séptimo de bachillerato del colegio Sierra Nevada iban al estadio como ella. Reconoció a algunos y se saludaron con la mano. Pero no vio por ningún lado a Bruno.

Suspiró un poco decepcionada y vio que los equipos estaban ya saliendo al campo de juego. Su abuelo hizo lo de siempre, cada vez que saltaba al campo de juego el Ciclón Bananero, le apretaba la mano con fuerza y emoción y después se ponía de pie a aplaudir. Evangelina lo imitó mientras la mítica sirena sonaba cada vez que el equipo salía del camerino.

—Pelusa —le dijo su abuelo a Evangelina, el apodo con el que la trataba siempre—, ¿acaso hay algo más bonito que el amor por los colores?

Evangelina le sonrió. Siempre que el Unión salía al campo, su abuelo le repetía esa misma pregunta.

—No, abue.

—Si ganamos este, el del otro domingo de local será decisivo.

—Acá estaremos como siempre.

Los dos se acomodaron en sus butacas y se concentraron en el partido.

Capítulo II

Evangelina vio cómo el balón venía hacía ella desde un cambio de frente. Se posicionó para pararlo con el muslo, pero, justamente frente a ella, estaba Bruno, junto con dos amigos, Ramiro y Sebastián, mirando el partido entre los equipos femeninos del colegio Sierra Nevada y Mamatoco. Era un partido del torneo intercolegial de Santa Marta que jugaban después de las clases, entre todos los colegios que se inscribieron a dicho torneo. La afición de Evangelina por el fútbol no era solamente alentar al Unión Magdalena, también le encantaba jugarlo y soñaba con ser jugadora profesional. Ese día jugaban una eliminación directa contra el Mamatoco para ver quién llegaba a la semifinal en la cancha del colegio Sierra Nevada. Jugaban de local.

Por ser en la tarde, tipo tres, todavía con ese sol samario calentando la ciudad y además dentro del colegio, eran pocas las personas que se quedaban después de clases a ver los partidos. Solo las veían algún que otro profesor, amigos, familiares o parejas de las jugadoras. De resto, nadie más.

Por eso, le pareció rarísimo a Evangelina ver ahí a Bruno con tres amigos. ¿Por qué ven el partido?, ¿tendrán alguna hermana o amiga en el equipo? Se preguntó a sí misma. Su mente trabajó con rapidez pensando en todas sus compañeras de equipo. Y la verdad, era que no recordaba a ninguna que le hayan hablado o siquiera visto con alguno de los amigos de Bruno.

Enseguida se alarmó.

"¿Y si Bruno está saliendo con alguna de las del equipo?", pensó. Pero no podía ser, se hubiera dado cuenta en el colegio o habría salido el chisme con sus amigas. ¿Y los amigos de Bruno? Tampoco recordó que se dijera nada sobre ellos y las de su equipo. "¿Entonces? ¿Qué pintaban allí? Solo se me puede ocurrir, que están aquí por alguien... pero ¿quién?".

—¡Evangelina! —le gritaron. Ella levantó su rostro y vio cómo dos del equipo contrario se acercaban a ella con ojos asesinos para quitarle el balón.

Por la impresión de verlas tan cerca, se deshizo del balón tratando de tirar un pase largo hasta el área. Pero no había nadie y la arquera del Mamatoco tomó la esférica con tranquilidad.

—¡Evangelina!, ¡Ey! ¿Qué te pasa? —le gritó su técnico—. ¡Pensemos! ¡Pensemos! Siempre para el frente, encara siempre al rival.

Ella levantó su mano en señal de disculpa con su técnico y las del equipo. Desde que se había fijado en él, su vida giraba en torno a Bruno. Si él la miraba, si estaba interesado en otra, era como verse más linda para él. Era tan... nuevo para ella fijarse por primera vez en alguien, pero desgastante al mismo tiempo. Ni siquiera entendía cómo le había empezado a gustar, solo sabía que le gustaba y ya. ¡Qué mamera todo esto!

Trató de alejar a Bruno de su mente y concentrarse en el partido... pero era tan difícil. Su equipo dependía de sus ataques por la banda derecha, jugaba de *wing*, era rápida y encaraba a sus rivales. Pero en todo el primer tiempo, no pudo ir al ataque como quería. Y se fueron al descanso con un insípido 0-0 en el marcador.

Carolina, la directora técnica del equipo y que hacía de profesora de gimnasia en el colegio, no hizo sino putearlas en el entretiempo. Recordándole que jugaban como burras y que así no iban a seguir avanzando en el torneo. Después del regaño, les infundió ánimo y antes de que entraran al campo de juego para el segundo tiempo, les dio una pequeña cachetada para que se despertaran.

Todas entraron con el ánimo renovado, incluida Evangelina.

Iba a ganar el partido y después pensar en Bruno. O… ganar el partido por él, se dijo a sí misma. Sí Bruno estaba ahí, de alguna u otra forma le interesaba ese juego. No sabía si estaba por alguien más, seguramente sí. Pero si hacía tremendo partido, podría ser que se fijara en ella, ¿por qué no? Se frotó las manos y el árbitro dio inicio al segundo tiempo.

El partido fue friccionado, las del Mamatoco conscientes de que no tenían la técnica de las del Sierra Nevada cometían más faltas que sus contrarias con tal de no hacerlas jugar. Evangelina trató de escaparse de las piernas fuertes de sus rivales, pero le era difícil. Siempre que quería picar al vacío, una de las del Mamatoco le agarraba la camiseta y no la dejaba correr. Muchas veces le reclamaba al árbitro que sacara amarilla, pero no le hacía caso y le respondía con el popular: "Juegue, juegue", le dieron ganas de romperles los tobillos al árbitro.

Ese juego de fricción pasaba su factura. Y al no tener tanto el balón, las del Mamatoco empezaron a cansarse y con el pasar de los minutos, les era difícil llegar para cometer la falta. Sobre el final del partido, ya estaban con la lengua fuera, implorando que se acabara. Pero faltaba tiempo y las del Sierra Nevada no hacían sino pelotearla y buscar ese anhelado gol como fuera.

En la mitad de la cancha, la 10 del Sierra, Sofía Ortegón recibió el balón y levantó el rostro. Evangelina se dio cuenta de que la había visto y enseguida picó al vacío, cerca del área rival. Sofía midió el pase y como si fuera un misil teledirigido pasó el balón con el borde externo de forma rastrera. El balón le llegó justito a Evangelina que enseguida notó cómo una de las centrales del rival salió dispuesta a romperle la canilla. Pero Evangelina tenía tiempo y espacio para pensar. Así que le hizo un caño hermoso, humillando a su rival. Entró al área sin pedir permiso, se acomodó y tiró con chanfle, al costado izquierdo de la portera que solo se tiró para la foto. El balón entró a la red y todas las jugadoras del Sierra gritaron al unísono: ¡Goooooool, la puta madre!

Todos fueron a abrazarla, pero Evangelina solo quería ver una cosa: la reacción de Bruno a su gol.

En medio de los abrazos Evangelina vio como Bruno sonreía y aplaudía el gol. Si no había venido por ella, por lo menos había llamado su atención. Lo siguiente sería tratar de buscar una cita con él.

Capítulo II

Al día siguiente del partido, Evangelina estaba dispuesta a invitar a salir a Bruno. Estaban en el mismo curso, en 7B y recibían todas las clases juntos. A pesar de eso, hablaban muy poco. Ella andaba con un combo diferente al de él en el salón. El de Bruno era el que se consideraba el de la gente "linda", los que tienen más plata y hablan siempre de sus salidas en lancha los fines de semana o de sus vacaciones en Miami o Europa. Evangelina en cambio partencia a un combo que podría considerarse el de los “normales”, que estaba un escalón por arriba del de los “raritos” esos a los que le hacían *bullying* y solo se juntaban entre ellos. La ventaja del combo con el que andaba era que se llevaban bien con todos los del salón y cuando había planes en los que salía el curso entero hablaban y reían con el combo de los “lindos”. Pero en general, los combos hacían planes y hablaban más que todo entre ellos. Por eso, hablar con Bruno, había sido difícil para Evangelina, pero estaba dispuesta a hacerlo.

Aun así, pasaban las horas, las clases, los recreos y no encontraba la manera de acercarse a él. O estaba siempre con los de su combo en círculo hablando o en la clase no había un respiro para acercársele.

Un poco decepcionada, en la penúltima clase del día, 7B entró al salón donde daban matemáticas. ¿Quién en su sano juicio ponía matemáticas al final del día? Solo los hijos de puta, si no, no se entendía. Parecían una marcha fúnebre mientras caminaban por los pasillos de bachillerato hasta sentarse en el salón. Iba a ser eterna la clase, para Evangelina y para todos.

El profesor de matemáticas, un chiquito de gafas con cara de malparido, sabiendo que todos odiaban su clase y él amaba ser el malo, los recibió con una sonrisa.

—Hoy, para despertarlos, vamos a hacer un taller que será calificado como un examen.

Los estudiantes de 7b no ocultaron su inconformismo con sonidos de decepción y el típico:

—No míster, no seas malo —Pero de nada sirvió. El taller iba seguro.

—Yo armo los grupos —siguió diciendo el profesor y más sonidos de decepción se escucharon entre los alumnos—. Evangelina, tú vas con Bruno y con Marcela.

A Evangelina se le heló la sangre y quedó en piedra. De repente, le salía la oportunidad que tanto esperaba. Alzó el rostro para ver a Bruno y vio como este se acercaba y como por el camino cogía un pupitre para sentarse a su lado. Marcela, que hacía parte del combo de los "raritos" hacía lo mismo.

—Ajá Eva, espero seas buena en esta vaina porque yo con esta pava con la que ando no doy ni pa sumar —le dijo Bruno y ella se rio. En cambio, Marcela no dijo nada cuando se unió a ellos.

—Tranqui, que algo nos inventamos —le respondió Evangelina.

—Y tenemos a la gran Marce, esa pelada es cule pepa, nos ayuda a pasar este taller.

Ella le sonrió tímidamente y apenas el profesor les dio los ejercicios se pusieron de lleno a hacerlos. Trabajaron algo así como media hora sin hablar de nada más. Estaban ya finalizando el taller y Evangelina sentía como se le iba la oportunidad. Faltaba como cinco minutos o un poquito más para que finalizara Matemáticas. ¿No iba a hablarle? No se sentía intimidada por Marcela, era más bien un miedo al rechazo. Empezó a agitar sus piernas de nerviosismo, "todo el día esperando la oportunidad y ahora que la tengo ando es cagada del miedo", pensó.

Ya todos los grupos terminaban el taller y los estudiantes empezaban hablar entre ellos. Algunos se levantaban de la silla y dejaban los grupos de trabajo para reunirse con los de su combo. Pronto, Bruno haría lo mismo y habría perdido su oportunidad. Empezó a tensionarse más. En ese momento, le vino a la mente su técnico, Carolina y el fútbol, míralo como un partido, encarar siempre al rival, no importa si la pierdes, se dijo a sí.

—Bruno…

Él se espabiló y volteó a mirarla.

—¿Sí?

—Vi que ayer estuviste viendo el partido que jugamos.

—Ajá, estuvo la verga el partido.

—¿Te puedo preguntar por qué lo viste?

—Juegas bien, tremendo golazo te mandaste – Bruno le cambió rápidamente el tema y Evangelina se sonrojó por el cumplido.

—Gracias, estaba… inspirada.

—No sabía que jugabas así de bien el fútbol.

—Me ha gustado siempre, desde que voy al estadio con mi abuelo. ¿Tú has ido o te gusta ir?

—Sí, sí, una que otra vez.

—¿Y crees que al Unión le vaya bien este año?

Bruno pareció estar fuera de lugar con esa pregunta, pero Evangelina estaba tan embobada que no se dio cuenta.

—¿Qué opinas tú más bien? —le devolvió Bruno la pregunta.

—Este año pinta bueno, yo creo que será el del ascenso —le respondió Evangelina.

El timbre sonó dando final a la clase y todos se pusieron de pie de un salto. Querían salir de clase de matemáticas lo más pronto posible. Incluido Bruno que se levantó y cogió su maletín para irse corriendo de allí. Evangelina todavía seguía sentada y algo aturdida por la rapidez con lo que todo sucedía.

—Bruno...

—Oye, Evangelina, este domingo vamos a la playa, ahí al frente del edificio de Ramiro, el *man* es de mis llaves y vamos a celebrarle el cumple. Habrá cervecitas y uno que otro *whisky*. Cáete y la vacilamos un rato.

—Sí, sí. ¡Me encantaría!

—¡Perfecto!, allá nos vemos no faltes —le guiñó el ojo a Evangelina—. También invitada Marce, ni más faltaba.

Dicho esto, las dejó y se fue con sus amigos, quienes hablaron entre ellos y voltearon a ver por pocos segundos a Evangelina.

Ella suspiró, se alivió y se puso contenta, apretó el puño con fuerza y se puso de pie.

—¿Vas a ir Marce? —le preguntó a su compañera de estudio, no es que fueran amigas, pero estaba tan contenta que en ese momento consideraba a cualquiera como su mejor amiga.

—Sí, sí... ¿por qué no? —respondió Marcela no muy convencida.

Evangelina le sonrió y se fue con sus amigas del combo a hablar de lo sucedido con Bruno.

Capítulo IV

Es sábado, falta solo un día para la fiesta y Evangelina no sabía qué vestido de baño llevar. Tiene muchos, demasiados tal vez, pero el nerviosismo no la deja elegir con claridad y se prueba un vestido de baño tras otro, frente al espejo que hay en su cuarto. Al final desiste de seguir en esa carrera de probarse ropa y se tira en la cama, abatida. Coge su celular de la mesita de noche y ve más de cincuenta mensajes en el grupo de WhatsApp del curso. Todos hablando de la fiesta de la playa, hablando de los tragos que van a llevar, que no habrá padres que los vigilen, otros mamando gallo en el chat, etc. Evangelina sonrió al ver todo lo que escribían, le recordaba a cuando jodían.

Tocaron a su puerta. Y entra su abuelo, ella se levanta y corre a darle un gran abrazo.

—Pelusa, ¿cómo vas?

—Bien, abue, acá probándome unas cositas para una fiesta, ¿y tú?

—Emocionado por mañana, empatando entramos a los cuadrangulares. Ya tengo las boletas, mira —Sacó de sus bolsillos las dos boletas del partido de Unión contra Valledupar.

La sonrisa de Evangelina enseguida se esfumó de su rostro. "¡Puta, el partido! Se me olvidó por completo", pensó.

Su abuelo, al no ver ninguna reacción en ella enseguida arrugó su rostro.

—¿Pasa algo, Pelusa? —Quiso saber.

—No, abue, no. Solo que…

—Habíamos quedado en ir a este partido, ¿no?

—Sí, abue, solo que… Hay una fiesta con los del curso y me invitaron. Es este domingo.

—Claro, entiendo.

Un silencio se apoderó del lugar. Un silencio que hacía que Evangelina se sintiera como si decepcionara, o peor aún, traicionara a su abuelo. La hizo sentirse como una completa mierda.

—Abue, de verdad lo siento.

—No, no. No te preocupes, en serio. Es normal que a esta edad empieces a tener plan con tus amigos. No pasa nada. Ya te cuento yo cómo quedó el partido —Mientras decía esto, sus ojos brillaban con intensidad, parecía que en cualquier momento se le salían las lágrimas.

Le dio un abrazo a su nieta y salió del cuarto. Evangelina se quiso morir. ¿De verdad iba a dejar a su abuelo ir solo al estadio por Bruno? "Lo peor es que sí, sí eres capaz", se dijo. Siempre había leído y escuchado que el amor no entiende de razones y ahora lo estaba viviendo en carne propia. Era capaz de dejar una tradición de toda una vida por ir a una fiesta y estar con la persona que le gustaba.

Pero… también le gustaba el fútbol, "vio mi partido y algo hablamos del Unión", pensó. ¿Y si lo acompañaba al estadio con su abuelo a ver el partido? Sería lo ideal y así no decepcionaría a su abuelo y podría pasar tiempo con él. La fiesta era lo de menos, lo que le importaba era pasar tiempo con Bruno.

Cogió su celular y buscó el número de Bruno. Lo pensó un montón antes de escribirle, pero necesitaba intentarlo. Él la había invitado a la fiesta, algo debía sentir por ella, si no, no lo hubiera hecho. Se llenó de valor, suspiró con fuerza y le escribió: "Oye, ¿te puedo llamar?". Bruno estaba en línea, y Evangelina creyó que no demoraría en contestarle.

Pero no fue así, pasaban los minutos y nada. Aparecía en línea y después desaparecía, ¿por qué no le respondía?

Empezó a desesperarse cuando ya había pasado una hora. No hacía si no mirar su celular constantemente para que Bruno respondiera. Por un momento no deseó nada más, solo que ese *man* le respondiera el maldito celular. A la hora y media, su celular vibró (había puesto todas sus conversaciones en silencio menos la de Bruno) y supo enseguida que era él. Leyó su mensaje: "Claro, sí, llámame".

Le marcó y contestó.

—Bruno, hola…, ¿cómo estás?

—¡Eva! Todo bien, ¿y tú?

—Bien, bien. Estaba probando que ponerme para mañana, pero no se me ocurre nada.

—Ja, ja, ja, no le pares bolas a eso… Oye, ¿me llamas por algo especial? No quiero ser grosero, pero tengo algunas cosas que terminar de arreglar para mañana…

—No, no te preocupes. Te entiendo, quería proponerte algo.

—Claro, te escucho Eva.

Evangelina se puso de pie y empezó a caminar por su cuarto en círculos. De alguna manera eso la tranquilizaba. Y más, para lo que estaba a punto de decirle.

—Quería saber si te interesaría ir conmigo al estadio mañana en vez de la fiesta.

—No sé, Eva, la verdad no creo. Chévere el partido, pero es que la fiesta va a estar una putería y no quiero perdérmela.

—No, claro, claro. Te entiendo —le respondió Evangelina, sin poder ocultar un poco su decepción, esperaba una respuesta diferente de él. Era el plan perfecto si los dos se atraían y además les gustaba el fútbol.

—Si no vas a la fiesta te entiendo, no habrá lío.

—No, Bruno, no, yo voy. Allá nos vemos mañana.

—¡Perfecto! —colgó.

Evangelina se quedó observando su celular. No sabía por qué, pero de alguna manera sentía que algo no iba bien con

Bruno. Se volvió a tirar en la cama, se arropó y se puso a recordar las tardes de domingo yendo al estadio con su abuelo. La tristeza la invadió y no la soltó en todo el día.

Capítulo V

Sobre más o menos las tres de la tarde, Evangelina llegó al edificio donde vivía Ramiro, el amigo de Bruno. El celador la dejó pasar, cruzó toda la recepción y el área de piscina en donde solo veía a algunos niños con sus papás nadando. Salió al área de la playa y en unas carpas, cerca al mar, vio a sus compañeros. Se detuvo un poco, algo nerviosa, "mi abuelo se fue hoy solo al estadio por primera vez desde que estoy viva, no te vas a acobardar ahora", se dijo para darse ánimo. Caminó los escasos metros que la separaban del lugar y llegó al lugar de la celebración.

Pudo distinguir que estaba la mayoría de los de su curso. Desde algunos del combo de los "raritos" como Marcela que la saludó tímidamente al verla, hasta todos los del combo de los "lindos". Un Bose, conectado a quién sabe cuál celular, sonaba a todo volumen, con el último CD de Silvestre Dangond amenizando la fiesta e invitando a todos a tomar. Y eso hacían. La gran mayoría tenía un vaso de plástico en la mano con *whisky* o una lata de cerveza.

Muchos de los de su curso estaban metidos en el mar, hablando paja seguramente, otros estaban en la orilla, bailando y hablando igual. Un grupo muy reducido, estaba un poco más alejado. Eran los enamorados o los que no se sentían cómodos en la fiesta.

Evangelina buscó a sus amigos con la mirada para sentirse cómoda, pero alguien la tomó de la mano y al voltearse vio que era Bruno.

—¡Eva, viniste!

—No me la iba a perder.

Él le sonrió, Evangelina pudo notar que estaba ya algo tomado. Y lo evidenció cuando notó que tenía para él solo una botella de *whisky* en una de sus manos.

—Ven, acompáñame —le dijo Bruno y la tomó de la mano. Ella se dejó llevar, totalmente embobada.

Se alejan un poco del lugar donde celebran la fiesta y Bruno la invita a sentarse frente al mar. Le dio un sorbo al *whisky* desde la botella y luego se la pasó a Evangelina.

—Toma conmigo.

—¿Así?, ¿de la botella? —le preguntó Evangelina con tono divertido.

—Sabe más rico y no la tenemos que compartir con nadie.

Evangelina toma la botella de la mano de Bruno y le da un sorbo largo. Al sentir el sabor amargo y el quemón en su garganta empieza a toser y a arrugar su rostro.

—¡Sabe feísimo! —exclamó Evangelina y Bruno no pudo evitar reírse.

—¿Primera vez que tomas? —Quiso saber.

—Sí —le devuelve la botella a Bruno que sin asco toma sin miedo de ella.

—Con el tiempo te acostumbras. Lo que importa es el efecto que causa.

—¿Estar borracho?

—Estar completamente *piao* —le responde Bruno—. Eva… tengo que confesarte algo.

A Evangelina se le empezó a acelerar el corazón y una sonrisa de estúpida se dibujó en su rostro. ¿Se le iba a declarar? Los dos solos, alejados de la fiesta, sentados frente a la playa con las olas mojándoles los pies, tomando juntos... y todo, después de ver su partido.

—Qué... ¿qué tienes que confesar? —fue lo que preguntó Evangelina. "¿De verdad, eso fue lo que se te ocurrió decir?", pensó

—Desde que te vi jugando ese partido, me empezaste a interesar bastante.

Evangelina se sonrojó y no se esperaba que Bruno acercara su cara a la suya para besarla. Fue sin previo aviso. Nunca había besado a nadie y no sabía muy bien qué hacer. Pero se sentía tan bien... solo se dejó llevar por Bruno y disfrutar del momento. Cuando se separaron, Evangelina quería quedarse con él en ese lugar para siempre. Haber dejado a su abuelo y no ir al estadio, había tomado todo el sentido del mundo. Quiso acostarse en su hombro y que la abrazara para ver juntos el atardecer, pero Bruno se puso de pie como un resorte.

—Volvamos a la fiesta, hemos pasado mucho tiempo acá.

—¿No prefieres que pasemos un rato más?

—Podemos volver más tarde.

Quedó un poco desconcertada, si la idea era estar con ella, ¿acaso no estaban en el lugar y momento ideal? La ayudó a levantarse y casi sin decirse nada volvieron a la fiesta.

—Voy a verme con unos llaves, ya ahorita nos vemos, ¿tepa? —le propuso Bruno.

—Dale, sí.

Solo en el fútbol se había sentido así. Ir del cielo al infierno en cuestión de pocos minutos. Es como si el Unión Magdalena hubieran marcado un gol y al poco tiempo el equipo rival viene y te empataban en poco tiempo. Al verlo alejarse no sabía qué hacer. Si buscar a sus amigos o ir detrás de él y ver hacía dónde se dirigía y qué iba hacer. Quiero saber por qué putas pasa de ser todo bonito conmigo a ser así de frío. "Algo no está bien", se dijo. Decidió seguir a Bruno sin que él se diera cuenta para saber el cambio de su actitud. Muy en el fondo empezaba a sospechar la razón… pero se negaba a creer que Bruno fuera un hijo de puta.

Fue de un lado a otro por la playa buscándolos. La mayoría de la gente de su curso estaban ya muy borrachos y casi no repararon en ella, ni siquiera sus amigos. Después de un tiempo buscándolo por la playa, por fin lo vio. Estaba con Ramiro y dos amigos más, cagados de la risa por algo. Frente a la entrada del edificio que da a la piscina. Evangelina los vio desde lejos, pero no pudo distinguir qué se decían. Ellos decidieron entrar al edificio y sentarse en una de las mesas con sillas de playa que había frente la piscina, pero que desde afuera se podía ver. Evangelina se acercó con sigilo. Le sirvió que todos estuvieran vueltos mierda por el alcohol para que no repararan en ella.

Se recostó sobre la pared de piedra que separaba la playa del edificio, pero se había colocado justo al frente de donde estaba Bruno y ellos, desde su posición, no podían ver a Evangelina, además porque le estaban dando casi la espalda. Hablaban tan fuerte que para ella era fácil escucharlos. Recostada sobre la pared, se sentó y escuchó su conversación.

—Entonces, loco, ¿te la entrompaste sí o no? —preguntó una de las voces que Evangelina escuchaba.

—Papi, ya. Esa estuvo fácil —Para Evangelina fue inconfundible la voz de Bruno. No podía creer lo que oía—. Solo quiero decirle que me gustó verla jugar y cayó fácil.

Los amigos no hicieron sino reírse.

—Y a ti que ni te gusta esa vaina.

—Cule vaina aburrida, la verdad —dijo Bruno—. Pero gracias a ti, ahora me gusta el fútbol de mujeres.

—Te dije que ahí se podía echar buen ojo pa' conseguir peladas. Les gusta que uno las vea jugar y que les hablen del partido. Hay que saber echar la parla, loco.

—Con ella me tocó —respondió Bruno—. A veces cuando me hablaba dizque de ver al Unión y toda esa maricada no sabía qué responder. Le cambiaba el tema enseguida pa' disimular.

Todos volvieron a reírse.

—¿Y qué vas a hacer ahora con esa vieja? —preguntó alguien?

—La voy a zafar, qué mamera que me empiece a invitar a ver a esa cagá del Unión o ir a sus partidos. Ya me busco yo una excusa.

Mientras Evangelina escuchaba, no pudo contener las lágrimas. Ahora entendía todo. El porqué había ido a ver el partido, su negativa a ir con ella al estadio, su comportamiento con ella, y las ganas de irse cuando estaban los dos solos. Se sentía usada y una estúpida, ¿por ese imbécil había dejado ir a su abuelo solo al estadio? De repente, la tristeza empezó a convertirse en rabia y le dieron ganas de ir hasta él y romperle los huevos de una patada.

Pero se contuvo.

Solo iba a hacer un *show* y al final no iba a servir de nada.

No se merecía ni siquiera eso.

Al final decidió secarse las lágrimas y alejarse de allí. Si Bruno y sus amigos la veían no le interesaba. Volvió a la fiesta a ver si lograba distraerse, pero enseguida se sintió fuera de lugar. Todos estaban borrachos, bailando y pasándola bueno. Y ella con ganas de solo irse a su casa.

—¿Evangelina?

Dio media vuelta y vio quién la había llamado. Era Marcela.

—Marce, hola.

—¿Estás bien? —le preguntó a Evangelina.

—Sí —le mintió y era evidente. Apenas pensó en Bruno, cosa que no quería, pero era inevitable y las lágrimas empezaron a salir de nuevo.

—Es por Bruno, ¿no?

—¿Tanto se me nota?

—Los vi alejarse solos y después irse con sus amigos riendo. Y ahora te veo llorando…

Evangelina no aguantó más y prácticamente se tiró en los brazos de Marcela a llorar.

—Qué estúpida fui —le dice entre sollozos.

—Todas lo hemos sido por amor, Eva, todos.

Siguió llorando en sus brazos, sin importarle la fiesta que había a su alrededor.

Capítulo VI

Evangelina pasó toda la semana sintiéndose como una mierda. Esos días no prestó atención a clases y tampoco fue a los entrenamientos de fútbol. Sus amigos le preguntaban qué pasaba con ella, pero no quería hablar. Les sacaba el cuerpo diciéndoles que ya les diría lo que había ocurrido, que en ese momento no deseaba hablar con nadie. A Bruno, simplemente lo ignoró. Cuando se le acercaba a hablar, ella le decía que no quería saber nada de él y si insistía no le respondía. Al final, se aburrió de tanto querer hablarle, pero no dejaba de mirarla en clase y en los recreos. Como si se hubiera dado cuenta de lo que perdió, pero sin entender si quiera cómo lo había perdido. Cuando llegó el fin de semana y tuvo el tiempo para ella, no hizo más que llorar y repetirse cómo había sido de estúpida. No sabía qué le dolía más, si los comentarios de Bruno cuando lo escuchó o cómo se había embobado con él.

No había pensado mucho en su abuelo toda la semana y mucho menos en el Unión Magdalena. Pero cuando llegó el domingo, su mente no pensaba en algo que no fuera su abuelo y las tardes en el estadio. No habían hablado en toda la semana, también porque ella no quería hacerlo y apenas comía, se iba a su cuarto, pero ahora, solo quería verlo. ¿Estará de mal humor mi abuelo conmigo? Pensó acostada en la cama de su cuarto. Vio la hora y el reloj marcaba las dos de la tarde. Hora en la que generalmente salían al Eduardo Santos, para entrar sin problemas y esperar el partido que comenzaba a las tres y media.

Su abuelo no había entrado a su cuarto a decirle que lo acompañara. Una mala señal, sin duda. "¿Se habrá ido ya para el estadio?" Se preguntó. Se levantó de su cama y fue hasta la puerta de la casa y allí lo vio. Su abuelo caminaba de un lado a otro y hablaba solo, como si estuviera conversando con él mismo.

—¿Abue?

Él levanta el rostro y la cara se le ilumina al verla.

—¡Pelusa!... ¿Cómo sigues?

—Ya algo mejor.

—Me alegro, me alegro de verdad. Me partía el alma verte así de triste toda la semana.

Ella quería ir y darle un abrazo, pero notó que en sus manos llevaba boletos para el partido del Unión hoy en la tarde. Enseguida sonrió de oreja a oreja.

—¿Vas al estadio? —le preguntó a su abuelo.

—¡Siempre! —Tomó unos segundos en silencio mientras pensaba cómo seguir—. Tengo una boleta de más, sabes que a mí casi me las regalan. No sé si tengas plan hoy o te gustaría quedarte en la casa o…

—Abue, me encantaría ir al estadio contigo—le cortó Evangelina y esta vez sí corrió a abrazarlo. Para él, era como volver a nacer.

—Bueno, vamos que se nos hace tarde —le dijo.

Llegaron al estadio y se sentaron donde siempre, cumpliendo el ritual. La hinchada estaba eufórica como siempre antes del partido. Los bombos y redoblantes de la Garra Samaria Norte y sus cantos animaban a la hinchada, que esperaba expectante el partido. La escuadra del ciclón salió, la sirena sonó en el estadio y el público se puso de pie para aplaudirlo. Incluyendo Evangelina y su abuelo.

—Pelusa, ¿acaso hay algo más bonito que el amor por los colores?

Ella le sonrió y recostó su cabeza en el hombro de su abuelo.

—Sí, ver el partido con lo que más quiero en la vida.

El árbitro dio el pitido inicial. El Unión sacó desde el medio y empezó a jugar. La hinchada cantaba alegre y apoyaba a su equipo sin importar las condiciones. Era una tarde hermosa para ver fútbol. Y Evangelina y su abuelo lo sabían.

Como una uva

Por Jairo Rodríguez Valencia

Doña Reina, como cada domingo, preparó los trastes: baldes, cepillos, esponjas, jabón, champús y toda la parafernalia de elementos para iniciar lo que su esposo, don Reinel, llamado también Rey, consideraba un rito: lavar y hacer mantenimiento a su R-4 rojo, su joya más preciada. En años pasados sus dos hijos participaban, ahora, ya mayores, sacaban excusas y mentiras para no hacerlo. Faltando cinco minutos para las ocho, don Reinel llegó puntual, todo debía estar dispuesto en orden estricto, como lo estaba él, bañado, perfumado y peinados sus pocos cabellos, pues la calva era prominente. Iniciaba con un estiramiento de dedos, un trote suave y un grito de batalla.

—¡Listo, reina, manos a la obra!

—¡Listo, rey, vamos con todo!

El chorro de agua abundante servía de guía para sus manos que ágiles recorrían cada tramo espumoso, dejando una huella de limpieza y lustrosidad, de no ser así, se detenía y sus dedos o uñas revisaban con ahínco el defecto a corregir. La música de una emisora popular ambientaba el trajinar, y los dos a coro seguían las letras a viva voz. Los vecinos de la cuadra disfrutaban de un concierto no solicitado, que hacía parte de la rutina dominical.

—Ahí empezaron con su escándalo los reyes de la cuadra —murmuraban.

Cuando el sol rayaba intenso al medio día, doña Reina estaba extenuada de ir y venir, atendiendo los requerimientos de don Rey: más jabón, champú, cafecito, el alicate, el juguito, la cervecita para la sed; sumados a sus quehaceres de ama de casa. Entonces, sintió, por un momento, no poder más. Buscó un breve reposo en una losa que servía de lindero a la casa vecina, y sentada detalló a su esposo recorrer con sus manos delicadas cada rincón de su joya preciada, con paciencia, con ternura, sin afanes…, con amor. No pudo evitar pensar en cuánto tiempo había pasado sin que esas manos la tocaran, la acariciaran, palmando sus sentimientos.

De repente Rey se dio la vuelta con una sonrisa maliciosa, sostenía en una mano la manguera con el chorro abierto directo a ella, ¡amenazante! Y en la otra, tenía el trapo. Reina se estremeció, pero se dejó llevar en un juego de niños.

—Ahora sí, mi Reina, tú turno de brillar.

El agua escurría por su cabellera, mientras el trapo masajeaba con dulzura y sin prisa. Sus sentidos se abrieron.

—El techo te va a aquedar reluciente, mi Reina, ya lo verás.

Se detuvo en sus ojos, los acercó a los suyos, miró su alma, los acarició con sus dedos tiernamente.

—Tenías los retrovisores un poco empañados, mi Reina, te quedaron relucientes.

El agua seguía su caída, recorría sus hombros, su espalda. Reina sentía flotar.

—Uy, el maletero está desajustado, te lo voy a calibrar, mi Reina, no sentirás el peso de los años.

Ahora sus glúteos y caderas disfrutaban de sensaciones extravagantes, el agua jabonosa y las manos maestras se deslizaban con placer.

—Tu parachoques está abollado, le haré un poco de latonería.

Bajaba lenta la espuma, formaba tiernos remolinos en sus rodillas, tobillos y se perdían entre sus dedos.

—Tus llantas están desgastadas, necesitan ser rencauchadas.

Suaves cosquillas recorrían sus sentidos, su rostro se enternecía dibujando una sonrisa de niña.

—Tienes las bisagras oxidadas, mi Reina, necesitas urgente mantenimiento del chasís.

Sin sentir ningún dolor, el destornillador apretaba sus tornillos, limaba sus roscas, aceitaba sus tuercas. Reina no se atrevía a abrir sus ojos, todo lo disfrutaba a ciegas, concentrada en el placer de existir para su Rey.

—¡Reina…, Reina! —gritó Rey.

Sobresaltada, Reina despertó confundida, se puso de pie aún adormecida y sin pensarlo dos veces caminó presurosa para atender los requerimientos de su esposo. Algo extraño sintió, no caminaba, patinaba sobre dos ruedas.

Aquí donde el amor es eterno

Por David Ricardo Montenegro Roa

Aquí, donde el amor es eterno, desde una habitación con libros sin leer sobre la mesa y tres gatos apoyados sobre mis pies. Aquí, donde mi reflejo es la única compañía humana que tengo, en este, mi mundo, ya no hay nadie a quien pueda llamar persona. Aun así, pese a todo, encuentro amor en las paredes manchadas, en los afiches que aún no cuelgo, en el escritorio donde últimamente me siento poco, en las lágrimas que se secaron en el suelo, en el cielo de mi ventana que me da la sensación de estar vivo.

Quizá se pregunten de qué habla este ser y comprendo totalmente por qué ese interrogante, los seres humanos somos niños que, aunque crecen, tendemos a preguntarnos todo lo que, dentro de cada uno, no comprendemos. Y, claro que voy a responder a esa pregunta, quizás es más sensato explicar cómo llegué a comprender esa forma de ver al amor, llegar aquí fue saber lo que era el desamor, luego de comprender que el compartimiento con otro podría, de alguna manera, lastimarme, aunque si soy sincero esto último no existe, el amor está o simplemente no está.

Todo empezó cuando me perdí en una de esas noches oscuras, la depresión y la ansiedad se llevaron mi alma a lo más profundo de mi realidad, por ver cómo esas personas, a quienes consideré de alguna manera cercanas, se alejaban. Yo entiendo que mis problemas no son los suyos, en este mundo cada quien opta por salvarse así mismo, en mi mundo consideraba que, cuando uno es amigo o pareja, se está en las buenas y en las malas. Pero al final, comprendí que los seres a quienes más prestaba atención simplemente prefirieron ver mi caos desde la distancia, a pesar de que quizá eran conscientes de mi dolor.

En aquellas noches, en mi mente, morir era mi única opción, imaginé muchas veces cómo sería la mejor manera, sentía que en este mundo yo no tenía un lugar, en esas horas de luna, lo poco que lograba dormir era la única paz que se me permitía sentir. Luego, aparecieron seres fuera de mi concepto del amor, aquellos a quienes llamamos familia. Eran ellos los que me mantenían a flote, aunque cegado por mis miedos. Sinceramente, aquí entre nos, en mi vida el amor solo era entre parejas, me entregué a este sin conocer lo más básico, yo solo me había aferrado a la idea del amor que se nos muestra en las novelas dramáticas y en las películas fantasiosas. Esas en las que el amor solo es infidelidad, abusos, permisiones, odio, celos, rencores, amantes, sexo, pasión descontrolada, chismes, gente opinando sobre relaciones ajenas, en fin, creo que me entienden. Ese tipo de historias se ven a diario en las telenovelas, bueno, pues también viví un poco alguna de esas historias.

Algo dentro de mí, por aquellos, años me susurraba al oído que a eso tampoco se le podría llamar amor porque hasta el hecho de tener sexo difería mucho del hecho de hacer el amor. El primero solo es la necesidad de que otro te haga sentir tu propia piel y el segundo, para mí, es hacer por unas horas que dos cuerpos sean parte de un mismo universo, este es mucho más que el encuentro de dos cuerpos es más el encuentro de dos almas que juegan a darse sin esperar, es ese sentimiento de que no somos solo piel. El sexo, a diferencia, es solo sentir la piel, la limosna de un supuesto querer, ¿para luego qué?

En aquellas noches donde repasaba las hojas de mi vida, recordaba todo lo que creía que era el amor, al final, borré los folios, porque lo que creía hasta entonces, ya no era. En este punto solo veía en una pareja a esa persona con quien anhelabas compartir parte de tu existencia, pero en mi realidad eso ya no podía existir en mí.

Ese tipo de amor dejó de pertenecerme en esta efímera existencia, aquel día en medio de lágrimas y miedo del mañana, nació mi interrogante: ¿Realmente qué es el amor? Si soy sincero, nadie me respondía a esa cuestión, todos los que estaban a mi alrededor tenían la idea común de lo que significaba por vía de las novelas y las relaciones de pareja y familia que ya sabemos cómo se muestran.

Pareciera que todos fuéramos programados de igual forma por lo que se nos muestra en la TV; otros decían que el amor era estar con alguien que te amara y te respetara, algunos otros agregaban que este sentimiento era ser fiel y creer en esas otras personas. Luego, en algunas conversaciones en las que me ubicaba en un punto neutro, simplemente para encontrar las respuestas de lo que sería el amor para mí, encontré algunos hombres que decían que todas las mujeres eran iguales: manipuladoras, infieles, que solo pensaban en sí mismas, que no se les podía hablar, y el hombre que demostraba sus sentimientos, perdía.

Sinceramente escuchar aquellos personajes hablando de cómo les había ido con las mujeres, no me daba mucha esperanza de encontrar respuestas a lo que yo buscaba. Al final, encontré un grupo de mujeres hablando casualmente del tema expresando comentarios como: "Todos los hombres son patéticos, son unos perros infieles y si se enamoran son todos unos pendejos, por eso es mejor ir buscando otro que me haga sentir mujer".

Yo, con asombro ante tanta furia y caos, solo pensaba con mi depresión oculta y en mi búsqueda, con algo de cordura me preguntaba: ¿Entonces en ambos casos todos somos iguales? Ni los unos ni los otros, ambas partes no son más que mercancía de cambio ante tales afirmaciones, entonces, ¿por qué llaman amor a ese tipo de relaciones? ¿Acaso el diálogo no era la solución a las interrogantes de la vida? Quizá el amor también es el diálogo antes de una relación, porque sinceramente para qué adentrarse a compartir con alguien que tiene creencias tan negativas sobre amor.

Puede ser que ese dicho de si lo crees, lo creas, aplicaba mucho en esta situación, tal vez, llegue a entender por qué crecimos condicionados a ese concepto del amor, para luego estrellarnos en licor y sexo desenfrenado. Al final, ¿dónde está el amor por uno mismo? ¿Acaso estos tratos que le damos a nuestro ser son realmente lo que buscamos en el otro? No me mal interpreten al sugerir que el sexo solo es una forma de destruirnos, por mi parte puedo opinar que es algo increíble, tal vez todos pensamos igual en esto, pero hoy en día puedo decir que cada quien decide lo que quiere vivir, cada quien es libre de elegir el tipo de relación, pero, hoy por hoy, ya no lo veo como amor, en términos de la pareja ya no podría explicar qué sería ese tipo de amor.

Con lo anterior llegué a la respuesta de aquel interrogante que en mis noches oscuras nació, comprendí después de algunos meses, cuando me alejé de ese concepto del amor romántico, que el amor, en sí, está en mí, en ti, es decir, en donde cada quien decide lo que quiere ver. El amor va más allá de una pareja, se convierte en el todo: en los ojos de la gente, en aquella risa de los niños que juegan con sus padres, en el vuelo y canto de las aves, en los colores de una mariposa, en el ruido de la ciudad, en las lágrimas de mis padres, en los abrazos de mis hermanos, en los gatos que me acompañan, en el crecer de las plantas, en el calor y el brillo del sol, en el milagro de la lluvia. El amor está en el reflejo de mi espejo, lo veo en ti, aunque no te conozca, por el simple hecho de que te tomaras el tiempo de leerme. El amor somos todos, cada uno de nosotros refleja el propio concepto del amor y esto lo hace perfecto, porque tenemos la oportunidad de elegir lo que anhelamos y lo que realmente llevamos en el corazón.

Veinte

Por María Camila Rueda

Abrió los ojos en la oscuridad y ahí estaba ella; tal como el primer día en que la vio con su vestido rojo hasta la rodilla, el pelo suelto y desordenado, el zapato de tacón roto en sus manos, riendo a carcajadas al no poder disimular su torpeza. Casi podía oler su pelo, sentir su aliento, tocar su piel, casi podía creer que había viajado al pasado al preciso instante en que supo que había conocido al amor de su vida, su cómplice y mejor amiga. Intentó hablarle, pero de su boca solo salía silencio, un grito ahogado, una súplica muda.

Despertó con el primer rayo de sol y se descubrió ante el espejo que reflejaba las señales del despiadado paso del tiempo, envejeció una vez más. Contempló el lado derecho de su cama, tan grande, tan vacío. Se reencontró con su soledad. Abotonó su camisa con dificultad por el desgaste de sus manos, tomó un sorbo de café y pensó en ella, en la promesa de "hasta que la muerte los separe" que se hicieron tan solo veinte días después de conocerse.

Ignoró con cierta gracia la preocupación de sus hijos, los gritos y risas de sus nietos, la gastritis, el cansancio, el dolor en las rodillas. Esperó con ansias que terminara el día, porque hace más de dos semanas cuando dormía volvía a verla, con su vestido rojo, sus tacones rotos y su perfecta imperfección; añoraba el fin del día para volver a enamorarse de ese instante de su vida.

Pasaron diecinueve noches, y con ellas diecinueve visiones; hasta que llegó el sueño veinte y no fueron necesarias las palabras. Se acabaron los gritos ahogados, las súplicas mudas, los despertares, la vejez, el dolor y la soledad. Entendió finalmente la verdadera promesa: "hasta que la muerte los vuelva a unir".

El curso completo para adictos a los dulces

Por María Paula Useche Figueroa

La mesa está repleta de golosinas,
de todo lo que puedas comer.
A eso solo respondo: ¡Adoro los dulces!

Convenientemente lo vio en clase de gastronomía, lo describía como el limón en el pico más alto del árbol, por su estatura, y por su fachada amarga, al situarse lejos de sus demás compañeros. Sin embargo, su mirada era hipnotizante, sus orbes eran oscuros y misteriosos como si de grosellas negras se tratase, no logró distinguir más rasgos de su rostro que sus ojos, su postura erguida y su cabello oscuro, puesto que la pandemia seguía haciendo sus males y mantenía la mascarilla adherida a su piel.

No era la primera, ni la segunda, semana de clase y los asientos a ocupar en el salón ya estaban formados al igual que los lazos de amistad forjados en el par de semestres en línea, que dejaron a nuestros desconocidos a los laterales del salón. La clase fluyó y simplemente cada acción de su nuevo encanto hacía que la chica girará en dirección del joven de cabellos rizados y oscuros, quien, al contrario de ella, sí se notaba interesado en la cátedra del maestro. En un dos por tres el aula comenzó a vaciarse y la pelirosada aprovechó la oportunidad para amigarse con el nuevo integrante de la cocina.

—Un placer, Moser Roth —Como la nueva costumbre social lo indicaba, la pelirosada extendió su puño para recibir el roce del contrario, en forma de saludo.

—Moser Roth, ¿cómo la marca de chocolates? Totalmente encantador —El rosa le bajó del cabello a las mejillas en un santiamén por el comentario.

—Así es, ¿tú eres? —Ella bajó el puño, la conversación sería más que un "¿cómo te llamas?", para no cansar su brazo.

—Jagoda —El príncipe del cuento de Moser tomó su muñeca con una mano y acercó su puño a la otra, como una disculpa por hacerle esperar por el ademán.

—Un gusto, Jagoda. ¿Te he visto antes?

—No lo creo, llegué hasta esta clase, ya sabes, estos climas enferman a cualquiera.

—Entiendo, bueno, solo quería darte la bienvenida, la mayoría nos conocemos y no quería hacerte el feo, si necesitas cualquier cosa puedes escribirme, mi número está en el grupo.

—Oh, perfecto. Te lo agradezco mucho, ya notaste que no soy muy bueno socializando.

—Descuida, todos empezamos así. No siendo más me retiro.

—Fue un placer, Moser.

—Igualmente, Jagoda.

Ese fue el lindo inicio de una historia de una amistad con mariposas en el estómago de por medio. Las horas juntos haciendo trabajos se convirtieron en hábito y los días se convirtieron en semanas y las mismas en meses a la par.

Te daré hechizos de amor,

te daré palabras de amor

y la especia perfecta para este plato.

El día de San Valentín había tocado a la puerta de los tortolos y Mos esperaba, más que nadie, que las clases dieran inicio para ver a su enamorado, ya que, conforme a la tradición, la fémina se placería en regalarle un obsequio. La dama se veía alegremente en el espejo mientras cambiaba de maquillaje y de ropaje para su dulce plan. Cuando llegó la hora, tras un mensaje de "te veo pronto", se dirigió al edificio asignado en su horario estudiantil.

—Vaya, Mos, estás preciosa —musitó su colega, quien se la comía con la mirada pronunciando cada sílaba.

—Gracias, cariño, por cierto, te tengo una sorpresita al salir de clase.

—Acepto, pero...

—Pero nada, tómalo como un "a mano", por el regalo que me diste por mi ascenso —El muchacho solo suspiró con cansancio con una sonrisa nerviosa y divertida por la amabilidad que siempre emanaba la chica.

Y como ordenó, se hizo, todo estaba siendo de ensueño con su imaginación. Las clases terminaron, fueron a degustar algo dulce en una cafetería de buen juicio y cada parada los acercaba cada vez más al tesoro del mapa que se había fijado.

—¿Estás segura de que quieres que tú y yo…? —El acompañante no estaba muy convencido de seguir al hostal con su guía turística, jugaba con sus dedos tratando de mantener la compostura por los nervios.

—No me gustaría estar aquí con alguien más que tú —comentó con completa seguridad levantándose en puntitas para plantar un tierno beso en los labios de su colega.

Beso que bastó para que el alma le volviera al cuerpo y aceptara su regalo de San Valentín. El clima también empujaba a la pareja a entrar al establecimiento, el sonido de las gordas gotas de agua se volvía rítmico en el mostrador mientras el registro anónimo se daba, por su fama, era un lugar de citas furtivas y, como primerizos, solo dejaron la huella de sus zapatos en los escalones hacia la habitación.

¡Más, solo dame más!

Por favor entretenme con

tu propio curso completo de caramelos.

—Ese sonido metálico de tu maleta, suena pesado. ¿Quieres que te ayude a cargarlo? —comentó un poco extrañado.

—Descuida, estoy bien. Además, si te lo diera, arruinaría la sorpresa. —Pícaramente le guiñó un ojo y el otro solo se carcajeó por la mueca de la pequeña.

—Shh…, ja, ja, ja, no hagas mucho ruido —habló entre risa para tomar la mano de su caramelo, subiendo las escaleras con discreción hasta la habitación asignada.

—Adelante. —Con caballerosidad, abrió la puerta dejando entrar a su amante al cuarto y con los dos adentro, cerró con la llave entregada en la recepción.

—¿En serio? —Jagoda alzó una ceja curiosa por los movimientos poco usuales de la pelirosada.

—En serio, será una noche divertida. Solo sígueme la corriente, ¿de acuerdo? —Roth sabía cuál era el plan y lo estaba ejecutando a la perfección, en un día como hoy nada podía salir mal.

Descolgó la mochila de sus hombros y la dejó en una silla frente a la amplia cama de dudosa higiene. Mientras paseaba por la habitación, el chico se sentó en la cama esperando el siguiente movimiento de su depredadora. Siendo la primera vez de Moser en estos establecimientos, quiso ser discreta y se movía de aquí a allá cerrando ventanas y cortinas, apagando las luces más brillantes y ordenando la mueblería en donde no le estorbase la velada.

Los rizos definidos del chico se posaron en el cabezal de la cama por orden de la cazadora, la ropa comenzó a sobrar y el ambiente a calentarse. Como lo había imaginado, sacó de la bolsa chirriante una mordaza, un par de esposas y unas sogas. "Es San Valentín y ella quiere probar algo nuevo, al parecer", era lo que pasaba por la mente de Jago en ese momento.

—Estira los brazos. —El hombre no lo pensó dos veces e hizo caso a la orden de su amada, quien comenzó a poner las esposas en las barras laterales de la cama, apresándolas a sus muñecas y moviéndolas con un poco de fuerza para asegurarse de que no se soltaran.

—Tus piernas, por favor —El nudo de nueve fue el escogido como el que tenía resistencia y durabilidad en la soga, optó por este para mantener sus tobillos apresados a las puntas restantes de la estructura.

—¿Estás cómodo?

—Sí, adelante —Fue lo último que dijo para que, a gateos, Mos se sentará en el estómago del joven para devorar sus labios.

¿No me dejarás probar
cada parte que puedo conseguir?
Mi lengua se arrastrará a través
de tu dulce piel de caramelo.

Los labios de Jagoda estaban rojos por la fricción con los de Moser y se separaron a falta de aire, el cual no alcanzó a llenar los pulmones del moreno. Un grito ahogado del enamorado hizo que el momento se tensara en segundos.

—¡¿Qué haces?! ¡Basta!

Los labios del hombre comenzaron a brotar en carmesí a borbotones, manchando el pecho de Roth, pero ella no se detuvo o mostró alguna reacción, pues no podía gesticular palabra alguna con la pieza de carne entre sus dientes.

La mordida certera empalideció la cena, los amantes eran unidos por un hilo de saliva y sangre, bastante romántico, ¿no? Antes de que el joven diera un grito de ayuda, la mordaza le fue colocada y lo único que salieron de su boca fueron jadeos.

Ahogado en este aire tan dulce,

¿te está mareando?

Viene mi amor con un tenedor y un cuchillo.

Estaba completamente horrorizado, la amable chica que le tendió la mano el primer día no estaba presente, solo veía su cascarón con los ojos totalmente oscurecidos y perdidos dentro de sí. No podía gritar para pedir ayuda, sus muñecas comenzaban a lastimarse con el frío de las esposas, al igual que sus tobillos quemados por la fricción al tratar de escapar, pero ya no había escapatoria. El festín de la amable señorita había comenzado.

—Tienes razón, Jagoda, ¿dónde están mis modales?

Moser se levantó y alegremente se dirigió a la silla donde tenía el resto de sus juguetes, aquel sonido de metal golpeando en las escaleras no eran nada más ni nada menos que sus utensilios de cocina, los mismos utensilios que le había regalado su víctima por un pequeño ascenso en un puesto culinario que

Roth había conseguido hace unos meses, quien se puso en bandeja de plata para ser devorado...

Cuando nuestra protagonista terminó de sacar un par de cubiertos y cuchillos de carnicería, tomó su lugar sobre el chico, quien lagrimeaba con la piel totalmente congelada y llena de espasmos imaginando qué vendría a continuación.

—¿Sabes?, jamás me contaste sobre el origen de tu nombre, pero me di la tarea de guglearlo. Si mal no recuerdo, "Jagoda" es fresa en bosnio. Ja, es curioso que ambos tengamos nombres de dulces. Bueno, "Fresa", espero que sepas como una.

Dio dos palmadas al aire y, tras decir "gracias por la comida", cortó la tarta en piezas para degustar la jalea de su *pie* de frutos rojos.

Te amo tan profundamente que yo
quiero comerte vivo
porque eres primera y única.

No voy a dejar que nadie te robe
y no te dejaré ir,
te mantendré bien
aquí dentro de mi cuerpo.

Basado en la composición musical de Machigerita,
"The Full Course for Candy Addict".

El frailejón azul

Por Yenis Fernanda Vides Zuluaga

Las estrellas flotaban en un cielo de ébano, la noche helada y un silencio profundo más profundo que el mar, eran la antesala de un mal presagio. De Mateo Lago, solo encontraron su credencial de guardabosque cerca de un frailejón que brillaba con una luz azul metálica y cuyos destellos se confundían con los del amanecer. Atónitos, no podían entender cuál era el origen de esa fuente de energía y por qué salía de una planta. Ya habían pasado dos semanas de su desaparición sin dejar huella alguna, la última vez que un campesino lo vio, en las inmediaciones del páramo, iba en el caballo de su padre. El caso se cerró en tres semanas, la explicación que las autoridades dieron a su familia y a la comunidad fue que él decidió irse de la zona por cuenta propia, pero nadie creyó del todo esta versión.

—Nunca se hubiese ido así. Él amaba mucho a esta tierra y a su familia —expresó doña Amalia, madre de Mateo.

Mateo había nacido y crecido en la vereda la Mariposa del municipio Gente Feliz, muy cerca de la montaña. De niño, subía hasta el páramo para contemplar el nacimiento de un río cristalino que se imponía con su hermosura en toda la región, allí pasaba horas enteras, anotaba en un cuaderno cada detalle observado. En la escuela la profesora Lola, una dulce y dedicada mujer de ademanes suaves y tiernos, les explicaba a él y a 15 niños y niñas todo lo que rodeaba ese bello acontecimiento. En su jornada escolar recorrían los campos para conocer la fauna y flora, unos días veían hermosos colibrís besando las orquídeas para beber de su néctar. Mateo imaginaba el sabor de néctar como un delicioso jugo de mora o de manzana, las mariposas adornadas de múltiples colores los acompañaban mientras reposaban con las pequeñas paticas en sus narices y cabellos, al tiempo que abrieran sus alas. Fue así como entre carcajadas infantiles surgía el amor por la madre tierra.

No conforme con el aprendizaje en su escuela, en las tardes, los verdes y redondos ojos como un limón de Mateo, se llenaban de fuego cada vez que descubría cómo esas pequeñas gotas iban creciendo lentamente, formando delgadas corrientes que resbalaban suavemente por las piedras cubiertas de algas: eran diminutas arterias llegando a un punto de unión para convertirse en cuencas hidrográficas; comparaba la formación de los ríos con el sistema circular de los seres humanos donde el corazón era la montaña. Con ayuda de su mentor Wilson, el viejo guardabosque y, su asistente, un perro llamando Vilo, logró identificar cómo los suelos de este ecosistema con los rayos del sol y el viento, se cargaban de humedad y de cualquier orificio de la tierra se hiciera la vida. Vilo era quien, con su olfato de detective, indicaba dónde estaban los puntos, con un salto de niño y con el fanatismo y entusiasmo de un científico, corría para confirmar el acontecimiento.

Wilson en su afán de ir cultivando los conocimientos de su entorno al entusiasta Mateo, le dio a conocer el papel de los frailejones en la formación del agua, pero lo hacía de una forma muy especial.

—Mi muchacho, estas plantas son como esponjas —y continuaba—, entre sus hojas tienen pequeños cabellos que absorben la humedad del viento y la convierten en agua. Luego, por sus largos cuellos de jirafa la transportan hasta llegar al suelo, de allí nacen los ríos —Wilson culminaba con una gran sonrisa.

Cumplido los 10 años y gracias a su labor, las autoridades ambientales, junto con los habitantes de la zona, declararon a Mateo guardabosque, a él este reconocimiento le había parecido innecesario, puesto que su amor por la naturaleza no lo definía una denominación, pero en cambio, lo obligaba a llevar un uniforme dos veces más grande que su cuerpo de garza guajira. Vilo, su perro, también fue premiado con un collar de hebillas metálicas y una leyenda en letras doradas que decía: "los perros amamos el bosque", cosa que en su mundo perruno poco entendía. Por ello, pasaba días enteros tratando de quitarse su castigo inmerecido, ya que al igual que a su amo, los formalismos le causaban retorcijones en el estómago. Usaba diferentes técnicas para deshacerse del collar; algunas veces se revolcaba en el fango para que, con la excusa de la suciedad, lo despojaran de ese calvario, otras veces introducía su cabeza entre la cerca para deshilarlo, al cabo de un tiempo y sin conseguir su objetivo, se acostó en el pastizal y, con un suspiro que duró más de 4 segundos, aceptó su nueva condición de diplomático.

Mateo era un campesino feliz, se dividía entre sus estudios y las labores del campo como ordeñar, seleccionar los mejores huevos en el gallinero y demás. Junto a su madre, construyó un hermoso jardín que adornaba la casa, las flores para él eran como las mujeres, todas hermosas y delicadas. En su florero natural, se hallaban camelias, que parecían señoritas sonrientes y cultas, las rosas las comparaba con señoras serias con mucho que enseñar por su experiencia, en cambio, a las orquídeas no pudo definirlas, porque a veces se mostraban cultas y serias y otras veces dicharacheras.

Una tarde naranja como un melocotón con algunas nubes caminantes, en su labor, Mateo observó a un oso andino acariciando a su cría con una ternura que estremecía el corazón más helado y duro del mundo. En ese momento pensó en el amor de su madre, se sintió afortunado de tener unos brazos que lo arrullaron cuando era un bebé y que lo abrazaban cada vez que lo necesitaba, igualmente cuestionó en voz alta, ¿por qué debía cuidar a los animales y a las plantas? E iluminado por la divina providencia y como quien hablara fuera un poeta, expresó:

—Quién puede ser tan ciego para no ver la obra divina en estos seres llenos de belleza.

Una mañana de septiembre, varios hombres desconocidos se vieron caminar por la zona, pasaron mirando hacia abajo y con grandes cigarrillos en sus manos. Dos noches después, mientras cortaba leña, Mateo escuchó a un vecino decirle a su padre que en lo alto de la montaña habían encontrado oro y la intensión era extraerlo, el guardabosque quiso corroborar con otras personas esta versión y cada uno le fue rectificado lo dicho, preocupado notificó a Wilson la situación, lo encontró en su oficina tomando gaseosa y viendo un partido de fútbol.

—Te estaba esperando —expresó el hombre con una voz de remanso.

—Sé por qué vienes, tranquilo Mateo, nadie va a tocar el páramo, no hay de qué preocuparse.

Confiado en esas palabras, Mateo quiso olvidar el tema, a la mañana siguiente mientras desayunaba, escuchó a Vilo ladrar como lobo en luna llena, dicho llanto le pareció un llamado de auxilio y al salir de la casa guiado por el estremecedor ruido, lo ubicó en unos matorrales. De su hocico salía una sustancia efervescente y blanca, el animal lo miró a los ojos, le lamió la cara, con su última fuerza demostrándole cuánto le dolía su agonía, su colita marrón, que parecía tener vida propia, dejó de batearse para siempre. El muchacho llamó a su padre con la voz entre cortada, al consultar al veterinario de la zona, se enteraron qué Vilo había sido envenenado con un polvo para las ratas mezclado en una tacita de leche encontrada cerca de la tragedia.

Inconsolable, se encerró en su cuarto a llorar a su más fiel amigo, entre lágrimas amargas Mateo no lograba comprender quién podría odiar a un animal tan noble y cariñoso como lo habría sido Vilo, quien a sus 13 años y con el alma blanca como el algodón, no conocía la maldad, pero esto lo hizo sumergirse en una realidad desconocido hasta entonces. Amalia y su hermano lo convencieron de que por Vilo debían seguir cuidando la montaña. Quince días habían pasado cuando Mateó decidió sacudirse como un pavo real, tomó sus botas, el sombrero y su credencial volviendo al ruedo.

Fue así como, al llegar al páramo, vio la escena más apocalíptica de su vida, era un cementerio de frailejones calcinados, aún con el olor a humo a su alrededor; los colibrís habían desaparecido y los nidos estaban destrozados, la brisa fresca y liviana que siempre se sentía se tornó espesa y difícil. Por un momento se imaginó en una pesadilla de esas que solía experimentar por comer chicharrones en la cena, sentía que su cabeza daba mil vueltas por segundo. En ese momento sus piernas perdieron fuerza hasta caer de rodillas y con la respiración extinguida, una gota fría como la de Moralito, recorrió su frente, siguió por sus mejillas hasta golpear el suelo abatido por la destrucción, no entendía cómo ni por qué habían terminado con un paraíso de cientos de años. Pasaron 10 minutos para poder reponerse de su estupor, Mateo se levantó pensando en buscar ayuda, pero unas manos grandes y rústicas como el pavimento lo tomaron del cuello, una fuerza descomunal lo hizo caer de espalda, cuando miró hacia arriba, estaba un hombre con mirada de bestia furiosa.

—¿Quién es usted y qué hace aquí? —dijo Mateo en un tono de exaltación desde abajo.

El hombre se acercó lentamente a Mateo y de un zarpazo le quitó la credencial que colgaba en su pecho.

—Vaya, vaya, con que tú eres el niño que juega a ser hombre y cuidas la naturaleza.

Mateo se levantó con la misma fuerza con que había sido arrastrando como un muñeco de trapo, mirando a la bestia a los ojos, le respondió:

—Soy un guardabosque y para mí no es ningún juego cuidar el páramo.

El sujeto se acercó un poco más, tomó un profundo suspiro y con un tono menos desafiante expresó:

—Mira, muchacho, sé lo que haces, pero te daré un consejo, no metas tus narices en esta zona —y continuó—. La naturaleza sirve para explotarla, esa es su finalidad, no vuelvas por acá, es un territorio privado.

Mateo indignado por la matanza de los frailejones y las explicaciones insensatas de aquel extraño, decidió no ir directo a su hogar, sino a cada casa de los habitantes de la vereda para convocarlos a un encuentro con el alcalde y Wilson. Tenía muchos interrogantes, algunos amigos dijeron que tampoco sabían qué había sucedido en el páramo. Al parecer, el páramo no era lo único que había cambiado en el entorno, el río cristalino con aguas de ensueños tenía ahora una apariencia de suciedad nunca vista, sus corrientes arrastraban, madera, cadáveres de animales y un hedor a azufre, dándole una nueva apariencia.

Fue así como la docente Lola, junto a Mateo y otras personas, cinco días después de la convocatoria, organizaron en la escuela la reunión, el alcalde, y principal invitado, envió un comunicado donde se excusaba por su ausencia, argumentado una fuerte gripa que le impedía salir de su habitación, pese a esto, bajo un fuerte aguacero típico de la vereda, poco a poco los asistentes fueron llegando como pollos remojados, otros llegaban cubiertos e intactos. El guardabosque, y jefe Wilson, llegó con una sombrilla amarilla y cara de pocos amigos, cuando fue su turno para hablar, lo hizo con la mirada hacia abajo como buscando un tesoro, pronunció estas palabras.

—No pude evitarlo, no tengo nada más que decir.

Entre lágrimas, Wilson, como forma de autocastigarse anunció que debía irse de la vereda, todos los asistentes quedaron sorprendidos con la noticia, despojándose de su credencial, se acercó a Mateo y en sus pequeñas manos le entregó la llave de la oficina, sin embargo, no solamente eran las llaves que entregaba, en realidad estaba abandonando 30 años de labor, en los que le habría dado a conocer a propios y turistas que Colombia era un país muy afortunado por tener más páramos que cualquier lugar del mundo; ayudó en el rescate de cientos de especies en cautiverio como venados y aves, persuadió a los campesino para que cuidaran el oso andino como especie endémica y no lo agredieran por considerarlo peligroso.

Por ello, Wilson sentía que había fallado, por no evitar el desastre ambiental, sus ojos abatidos de dolor, decían lo mucho que le dolía el alma, cuando dio la espalda para su marcha, los aplausos como ruidos de cascada feliz lo ovacionaron, pero no tuvo valor para mirar hacia atrás, este gesto de agradecimiento le conmovió todo el ser, sin embargo, no quería reconocimientos, en medio de la algarabía su aprendiz intentó detenerlo, pero fue imposible y entre una tarde triste se marchó por el camino de la derrota.

Mateo, con la despedida súbita de su jefe y la evasiva respuestas de la alcaldía, sintió que una ola de 30 metros venía hacia él con todos los tesoros y leyendas perdidas, no sabía qué decir, nunca fue bueno hablando en público, aunque fueran allegados, por fortuna era recursivo, lo que le permitió buscar rápidamente, en cada segmento de su mente, un conjunto de palabras acordes a la ocasión. En un instante un *déjà vu* lo envolvió frente a la multitud, pero como todos los *déjà vu* no supo encontrar explicación.

—Señores y señoras, el páramo nos necesita, nos ha dado todo, es momento de que pensemos cómo salvarlo. —Y mientras caminaba prosiguió—. Debemos hacer algo y nos toca a nosotros —exclamó con las manos sudadas.

Después de 5 horas de diferentes propuestas, Mateo se repuso de su soledad en medio de tanta gente, a todos les interesaba lo que estaba sucediendo, solo sentían que frente a ciertos males era mejor no luchar. No obstante, el adolescente de risa tímida y mejillas rojas, con el solo hecho de quedarse y no huir, logró devolver la esperanza que parecía haber tomado un rumbo con Wilson. Culminada la reunión, Mateo se quedó conversando con algunas personas y luego se marchó pasadas la 5 de la tarde, pues, a pesar del coraje demostrado, estaba muy confundido y defraudado por la reacción de quien admiraba y respetaba.

Cuando llegó a casa, Mateo se sentó frente al jardín con la mirada fija en una camelia, mientras de un pétalo bajaba una gota de agua, miró hacia el cielo inundado con un gris melancólico, al instante, estalló en llanto, recordando a Vilo y pensó que él nunca lo hubiese abandonado como aquel día que el valiente perro recibió el cuernazo de una vaca furiosa que iba dirigido a él y que, por suerte, no alcanzó a hacerle daño.

Su madre, quien lo observaba por la ventana de la cocina, se acercó a él tratando de consolarlo.

—Todo va a estar bien —le repetía una y otra vez.

Ella no sabía si eso iba a ser posible, por lo menos Vilo no regresaría del cielo de los animales. En la noche mientras todos dormían, Mateo estuvo en vela organizando la información con todas las respuestas planteadas de la reunión, sabía que había soluciones y estaba dispuesto a ir al fin del mundo para que fueran reales.

Con el pastizal aún durmiendo, lo asaltó un deseo inmenso de ir al páramo a las 4:50 a. m., quería conversar con el hombre que insistió que no volviera por esa zona, para darle a conocer las peticiones y proponerle que las estudiara. Entonces tomó su uniforme, su credencial, el caballo de su padre y sin dar aviso, se fue con algunos saltamontes de testigo y los pájaros recitando poemas de amor en sus cantos. Al llegar encontró el mismo panorama, solo que ahora de mayor magnitud, comenzó a gritar con voz de tenor, para que alguien saliera de algún lugar, pero no obtuvo respuestas.

A la madrugada siguiente regresó al lugar a las 5:00 a. m., esta vez no tuvo que hacer ningún esfuerzo, porque a lo lejos visualizó una construcción, que era una especie de campamento. También escuchó varios sonidos entre gritos y música, tocó dos veces, sin embargo, el fuerte sonido no permitía que lo escucharan; encomendado a Dios, tomó impulso y entró sin ser invitado, allí encontró a cinco hombres conversando entre risas y latas de cervezas esparcidas por todos lados.

—Buenos días, señores, ¿cómo están? Mi nombre es Mateo Lago y deseo conversar con ustedes.

Pese a su presentación, los hombres ni siquiera volvieron sus rostros ante la voz delgada e impaciente, solo al tercer llamado notaron la presencia del muchacho, uno de ellos se levantó de la silla y lo invitó a tomar una cerveza, pero él no aceptó, fue entonces donde reconoció el rostro de su verdugo, este también lo reconoció y con una sonrisa oscura, fijó sus ojos en Mateo, bajo el sonido de la música, se acercó a él como lobo cazador para husmear su miedo.

—Vaya, vaya, el guardabosque valiente regresó —mirándolo de arriba abajo, preguntó—: Cuéntame, niño, ¿ahora qué te trae por acá?

—Necesito hablar con ustedes sobre el páramo, la comunidad también les pide que, por favor, no nos ignoren —respondió Mateo.

Los hombres miraron al hombrecito pálido y lánguido, luego se miraron y soltaron carcajadas que resonaron con fuertes ecos, el hombre se acercó aún más recordándole lo que ya le había advertido. Mateo insistió con la voz más impaciente y casi en forma de súplica que se reunieran y encontraran un plan que los beneficiara a todos. Mientras él trataba de conversar, el sujeto más robusto y alto tomó una lata de cerveza, la abrió y la esparció por todo su cuerpo del nervioso ser, al tiempo que se reían de la afrenta. Fue entonces cuando Mateo trató de caminar hacia atrás, pero un objeto en el suelo hizo que perdiera el equilibrio cayendo de espalda inconsciente, un minuto después, la música se detuvo sin ninguna explicación.

En aquel momento un ventarrón golpeó el campamento, atormentados por lo que sucedía, los hombres decidieron tomar a Mateo tendido en el suelo y dejarlo cerca de una gigantesca roca, para luego huir. Justo cuando disponían a marcharse, una fuerza sobrenatural los inmovilizó, la tierra comenzó a sacudirse y un destello de luz azul plateada empezó a salir de la boca de Mateo, su cuerpo rápidamente se fue desvaneciendo. En el cielo, las nubes se tornaron enormes y corpulentos relámpagos se asomaron, los cadáveres de los frailejones lentamente fueron recobrando vida, al punto de florecer en un instante, en la inmensidad un cóndor emitió un sonido de victoria.

Cuando el sol salió para anunciar un nuevo día, todo era diferente en La Mariposa, el río había vuelto a verse cristalino, más vivo y alegré que nunca, los colibrí e incluso otras aves que ya se hacían extinguidas, volaban y cantaban alegres entre las flores y los árboles recitando poemas de amor en sus cantos, el olor de quema fue sustituido por un aroma a menta fresco y limpio. Si se miraba a lo alto de la montaña un arcoíris de mil colores la atravesaba de principio a fin.

Sin embargo, en la finca de Mateo su madre, padre y hermanos notaron con de él, al medio día y sin noticias, salieron a preguntar por todas partes si lo habían visto como de costumbre, pero nadie daba razón, fue cayendo la tarde hasta anochecer, los campesinos sorprendidos percibieron una luz en el cielo nunca vista.

—Parece de día en el páramo —exclamó un habitante de la vereda, a pesar de este fenómeno desconocido, la preocupación por encontrar a Mateo los mantenía en otra esfera, fue entonces cuando decidieron que al día siguiente se organizarían en grupos de cinco personas para hallarlo.

Ya eran diez días en la búsqueda, a nadie se le había ocurrido ir al páramo, avisados desde tiempo atrás que ahora era zona privada, pensaron que al igual que ellos, Mateo no se habría atrevido a desafiar la advertencia. Wilson, desde la distancia, supo lo que ocurría y decidió volver para unirse a la tarea, llegó a las 11 de la mañana a su casa abandonada donde dejó el equipaje. Cuando se acercó a la finca los Lagos, todos estaban tomando agua de panela caliente con pan, la lluvia se había precipitado, obligando a hacer una pausa, nuevamente con su paraguas amarillo y un poco más desgatado que la última vez que lo usó, se incorporó a la multitud para intervenir.

—Señores y señoras, buenos días, recuerden que también debemos subir a la montaña y descartar que Mateo no esté allá, saben el amor que siente él por este lugar.

Amalia se levantó de la silla donde tomaba las onzas, con ojos de gata rabiosa, se acercó a Wilson y sin preámbulos le dijo:

—Volviste cobarde.

Alguien se acercó y la persuadió de que no era el momento de reclamos, Wilson la miró respondiendo:

—Sí, soy un cobarde, pero volví por mi muchacho.

El resto del día se concentraron en planear la ida, sabían lo inmenso y difícil de la zona, la policía también los acompañaba, pese a que ese día había archivado la denuncia de desaparecido, con sus años de guardabosque, Wilson, era el único que podía guiar en la travesía, las condiciones climáticas de la noche eran extremas, por ende, él sabía dónde podían acampar para no morir con los sueños congelados.

Al día siguiente, emprendieron la caminata muy temprano hombres y mujeres con los víveres necesarios, mientras los niños, ancianos y algunos voluntarios se quedaron en la vereda para seguir buscando. Fueron más de 3 horas caminando de frente a la brisa helada que golpeaba sus rostros y agrietaba sus labios. A medida que se iban acercando, notaban el mismo resplandor que veían desde lejos, un fuerte aguacero los obligó a detener la marcha por más de 6 horas mientras se secaban los caminos, cansados y con la respiración agitada al llegar a su destino entrando la noche, no podían creer lo que estaba frente a ellos. Del páramo muerto y en cenizas, que algunos vieron y otros escucharon, encontraron un bosque poblado de conejos, aves, osos de anteojos y venados, lo que más les llamó la atención, era los inmenso frailejones rejuvenecidos e imponentes que se alzaban entre ellos, en lo ancho y largo, no había rastro de humanidad, fue como llegar a la América virgen, pero sin indígenas.

Uno de los campesinos, don Julio, avisó a los demás la dirección desde donde provenía la iluminación, de modo que Wilson recomendó ir acercándose con cautela, puesto que no sabían frente a qué estaban a punto de exponerse, caminaron anonadados entre tanta belleza, algunos pensaron estar alucinando cuando vieron pasar un unicornio con alas parecidas a las del arcángel Gabriel.

Anduvieron alrededor de 20 minutos hasta llegar a su destino, el origen de la enigmática luz provenía de un frailejón más grande y vivo que los demás, era un azul mágico que emanaba del interior de su tallo, al lado la credencial intacta de guardabosque, la presencia de Mateo era difícil de ignorar porque todos la sentían, en especial su padre y madre, Amalia tomo la credencial apretándola fuerte sobre su pecho. Con una sonrisa de paz interior y mirando fijamente al frailejón Amelia, dijo:

—No busquemos más a mi hijo, ya sabemos dónde está — lo afirmó con alegría y la luz se hizo aún más despampanante.

Todos regresaron esa misma noche, con la dicha en el alma, y entre risas y llantos de felicidad dieron por terminada la búsqueda. Años más tarde una compañía extranjera llegó a la zona para iniciar un nuevo proyecto y ubicar el oro. Los vieron subir con sus innovadoras tecnologías. Con la comunidad opuesta, siguieron su marcha donde ni ellos ni sus máquinas se volvieron a ver nunca más, desaparecieron como desaparecían todo aquel que iba con intenciones de destrucción, fue así como al páramo lo bautizado como páramo de la Mariposa, donde brilló un frailejón azul hasta la eternidad.

Acerca del amor propio

Por María Cristina Flores Olvera

Todos te dicen que el amor propio te hará fuerte, que es lo mejor que te podría pasar, pero nadie te dice que duele y que duele ¡Un chingo!

Tener que anteponerse sobre cualquier cosa o persona, para poseer la voluntad de no hablar, de no buscar, de no escribir, cuando es lo único que quieres hacer, viviendo esa constante lucha entre corazón y mente.

¿Cómo le explico a ese soñador que ahí donde idealizó, donde se esforzó y fantaseó, simplemente no va a ser?

¿Cómo le digo a mi corazón que no fue su culpa, que tanto el cuerpo y la mente se enamoraron, pese a todas las advertencias de peligro? ¿Cómo me hago entender que el cuerpo y la mente son tan tercos que se aferran a un imposible a sabiendas de que la caída podría ser fatal?

Entonces, no se pudo detener el reloj, mucho menos regresar el tiempo cuando tus palabras vislumbraban la dolorosa realidad, hubiera preferido que fuese de frente y con huevos sin piedad, sin miedo a lastimar, no esa encrucijada que revolvió mis sentimientos confrontó mi templanza y alteró mi paz

Entonces llegó al rescate con mi corazón en la mano y su carita de "te lo advertí".

Maldito y bendito tú que llegaste a enseñarme, maldito y bendito mil veces.

—Eres libre —repetía—, tan libre como el día en que me presente en tu vida, pero también te vuelves mi cautiva.

Todos te dicen que tener amor propio es lo mejor que te pudiera pasar, que creces como persona, que te empoderas, que incluso te vuelves imposible de derrotar, pero nadie me dijo que, para llegar a él, tenía que sentir tanto dolor y soledad.

Historia de un amor

Por Alejandra Escobar Portela

Ya lo diría Pablo Neruda: "Es tan corto el amor, y es tan largo el olvido", aunque la frase poética del poema veinte del autor es de gran elocuencia, cuando toca vivir la frase no es nada fácil. Y sí, es muy largo el olvido, los recuerdos no lo hacen ameno, la ausencia, es compleja sentirla y manejarla, un día estás con alguien que es todo y al otro día entender que ya no, suena ridículo. El cerebro no asimila, ya está acostumbrado, ya se creó una rutina con esa persona y desligarse de eso, duele, complica la vida, altera el alma.

Esto pensaba Julieta en el café donde estaba, miraba una pareja que se veía enamorada, y ella estaba ahí porque no sabía a dónde más ir. Mientras veía a la pareja de enamorados, al tiempo, rodaban por sus mejillas lágrimas cargadas de tristeza, le dolía el pecho y sentía una opresión que no sabía cómo explicarla, sentía náuseas, no podía pensar en comer, su cuerpo también sentía la desilusión y el rechazo que acababa de vivir, lo somatizaba con cada respiración, con cada sorbo de café.

Cuando el destino insiste en encontrar a dos personas no importa los medios, va creando las circunstancias para que se dé, esto le pasó a Julieta y a Federico, los dos estaban en una aplicación de citas, ella buscando una gran persona con quien compartir ya cansada de tantos fracasos amorosos y él, nostálgico empedernido, buscando el amor ya negado en varias ocasiones, quería algo diferente. Ambos habían estado hablando con varias personas, habían tenido algunas citas, pero no lograban conectar, no pasaba de ahí, no sucedía nada diferente. Un día ella lo vio en la aplicación, le llamó la atención que en las características decía que era alto, decía que buscaba algo serio y en sus fotos era lindo. Le dio "me gusta" e hicieron *match* en esa aplicación, pasaron algunas horas y Julieta lo saludó, después de unos minutos él contestó su mensaje y de ahí siguieron hablando y hablando, Julieta no imaginaría la connotación que traería a su vida haberlo conocido.

Los días pasaban y siguieron hablando por chat, hablaban durante el día varias veces, se mandaban fotos y hacían de lo cotidiano algo íntimo. Un día él decidió decirle a Julieta que se conocieran en persona, habían cuadrado algunos días antes, pero Julieta no podía. Pensaron verse un sábado, pero a ella se le presentó algo, después Federico le dijo que el domingo y Julieta tampoco podía, hasta que ese lunes festivo cuadraron.

La madre de Julieta le tenía plan sin decirle y Julieta solo pensaba que no quería quedar mal con Federico, así que le contó que iba a acompañar a su madre un rato, y lo que primero iba a ser un almuerzo, después se convirtió en un rico postre en un sitio bastante romántico. Hablaron durante toda la tarde y ella tuvo la sensación de que lo conocía desde antes, nunca lo había visto, pero tenía esa sensación. Él era feliz escuchándola hablar, cómo gesticulaba, cómo se expresaba, lo había cautivado y él no se lo esperaba.

Por el contrario, a Julieta le había llamado la atención la sensación de familiaridad y, por supuesto, le había gustado que era alto y, aunque no se fijara mucho en factores del aspecto físico, sí quería salir con alguien más alto que ella. Cayó el día y ya era hora de irse, Federico la llevó a su casa, en el camino seguían hablando, compartían gustos musicales, a Julieta le encantaba cantar, aunque no lo hiciera tan bien, era feliz haciéndolo, había sido muy divertido hablar sobre eso.

Al llegar a la casa de Julieta siguieron hablando otro rato en el carro, los dos se veían cómodos, estaban felices. A Federico le había gustado Julieta y quería seguir viéndola, por lo que le dijo que el siguiente viernes salieran a comer, a lo que Julieta aceptó. Ella también quería volver a verlo de nuevo. Durante la semana hablaban por chat, hablaban todo el día, Federico le hablaba de su día en el trabajo desde casa, ella por su profesión no podía hacer trabajo desde casa, le tocaba desplazarse, sin embargo, era feliz en lo que hacía y era aún más feliz contándole cómo iba su día. Federico estaba pendiente de los detalles, esos que hacen mella en tu mente y se quedan en el corazón.

Llegó el viernes, Julieta tuvo un día difícil, pero estaba muy entusiasmada por ver a Federico, llegó de su trabajo y se arregló, quería verse linda. El momento llegó, Federico estaba esperándola afuera de su casa, ella salió a su encuentro, él quedó deslumbrado con su belleza, ella sintió mariposas bailando en su estómago, cosa que no le sucedía desde años atrás.

Su última relación la había dejado muy marcada y ese sentimiento también hizo que sintiera miedo, no quería salir herida de nuevo, sin embargo, se deshizo rápido de este temor, ya que solo quería disfrutar esa noche con Federico. Mientras iban camino al restaurante la calle iba en bajada y Julieta quería engancharse del brazo de Federico, pero no tenía la confianza de hacerlo, después de eso, sus manos se entrelazarían todo el tiempo. O sea, era su segunda cita y ella ya quería cogerlo de gancho, no le parecía correcto, aunque sintiera el deseo.

Al llegar al restaurante, que Federico tenía pensado, la fila era muy larga, les dijeron que el tiempo de espera era de más de una hora y no les garantizaban una buena mesa, así que Federico en su mente se sintió frustrado, quería llevar a Julieta a ese restaurante —lugar que meses después sería testigo de una triste situación— y no tenía un plan B en su cabeza.

Entonces empezaron a caminar por el sector y Julieta se acordó de un delicioso lugar peruano que había cerca, ella le dijo a Federico y él accedió, no quería quedar mal, aunque así no lo había planeado. Llegaron al sitio, entraron sin problema, gran mesa, cómoda y con un ambiente ideal para poder hablar y conocerse mejor. Federico nunca había estado ahí. El mesero trajo la carta y él, como siempre, pidió un plato con carne ya que le fascinaba, a Julieta no le gustaba, prefería el pescado así que hizo lo propio con su gusto.

Todo fluía, estaban llevando una gran charla, hablaron de sus gustos particulares, él tenía una posición del cuerpo donde se veía bastante cómodo, Julieta notó eso, lo cual hizo que fuera entrando más en confianza. La noche siguió y salieron tarde del restaurante, llegaron a casa de Julieta y siguieron hablando en el carro, Federico quería besarla, pero notaba que Julieta no, ella estaba con una actitud corporal distante, aunque en realidad estaba nerviosa y lo transmitía con algo de distancia, pegando la espalda a la ventana del carro y él con ganas de besarla.

Julieta quería seguir viéndolo, por lo que preguntó al otro día qué iba a hacer, Federico se llenó de nervios porque ya tenía desde hacía varios días programada una salida con unas amigas, pero no quería decirle eso a Julieta porque estaban empezando a salir y no quería que pensara que de pronto era otra cita. No sabía cómo decirle que no se podían ver, aunque él quisiera, al final le terminó contando sobre la salida con sus amigas. Julieta se molestó, aunque no lo admitiera, pero sí le dio rabia, ya que le gustaba Federico y quería seguir pasando más tiempo con él.

Ese sábado efectivamente Federico se fue muy temprano con sus amigas a una laguna a elevar cometas, antes de salir le escribió a Julieta temprano, ella salió a almorzar con su familia a las afueras de la ciudad, estaba ansiosa porque Federico le escribía poco, se demoraba en llegar los mensajes por la mala señal que tenía en el sitio donde estaba.

Alrededor de las seis de la tarde Julieta estaba en camino a la casa con su familia cuando recibió un mensaje de Federico que le decía que ya iba camino a la ciudad. Ella le preguntó qué iba a hacer y él le dijo que quería descansar, que estaría en la casa, Julieta también lo estaría, no haría planes, porque igual su semana estuvo muy pesada y se sentía cansada.

Eran entonces como las once de la noche y Julieta cogió su celular y empezó a ver las redes sociales, donde ya lo tenía agregado, con tal sorpresa que Federico acababa de subir una foto con un grupo de personas; en la foto parecía que todos fueran pareja y al lado de él se veía una mujer. Julieta saltó de la rabia, se sintió mal porque pensaba que Federico le había dicho mentiras, además de que le había afirmado que estaría en la casa porque estaba cansado y como por arte de telepatía, como sucede con las conexiones fuertes que se crean en dos personas, recibió un mensaje de Federico que le decía que la estaba pensando y, aunque ya era de madrugada y Julieta estaba despierta, no quiso responder el mensaje porque sintió que le había dicho mentiras, a pesar de que en el fondo le había gustado y esbozó una leve sonrisa.

Al otro día él la saludó en la mañana, siguieron hablando, ella estuvo con su madre haciendo unas compras, él en su casa haciendo pereza, acordaron verse en la tarde, ella lo acompañaría a almorzar algo saludable de lo que él tenía antojo. Después fueron al centro comercial, ya que Julieta quería ver un regalo para su sobrina, se perdieron en el pasillo, no se habían dado un beso y en ese momento se encontraron los dos mirándose fijamente, ella sintió un corrientazo con su mirada y él solo quería besarla, pero no lo hacía.

Fueron a tomarse un café y siguieron conversando, ya había más espontaneidad entre los dos, cada uno sin saberlo estaba creando en su memoria recuerdos, fuertes recuerdos que serían difíciles de olvidar con la distancia y con el tiempo, esas memorias que se quedan tatuadas en ese rincón especial del alma.

Llegó la noche de ese domingo con clima perfecto, él la dejó en su casa y como siempre se quedaron hablando otro rato en el carro, él no quería que ella se bajara y ella tampoco quería bajarse y así sería de ahí en adelante, el seguía con ganas de besarla y ella, como gran conversadora que era, hablaba y hablaba. En un momento ella se acercó involuntariamente un poco más, por lo que él aprovechó el momento y le dio un beso que ella correspondió. Cuando separaron los labios unos segundos, se miraron fijamente y ella esta vez lo besó, lo hizo con mucha emoción, lo disfrutó, ese momento estaría siempre en su mente, él sentía que el tiempo se detenía, estaba feliz porque se sintió correspondido, fue especial, fue mágico y hasta cómico porque su familia los estaba viendo desde la ventana y estaban felices por Julieta.

Ellos sabían lo herida que había estado y con Federico habían visto un cambio, un nuevo semblante, ella de por sí era feliz, pero ahora se veía diferente y eso les alegraba mucho. Al llegar a su casa, Federico se sentía diferente, se sentía feliz, él también había estado en una relación complicada, con mucho drama, de muchos años, de lo cual se fue contagiando sin querer. Él era una buena persona solo que tenía dificultades para tomar ciertas decisiones y entender que merecía ser feliz, no se había dado cuenta de su potencial y eso Julieta lo notó y quiso con todo su amor hacérselo ver, seguramente en vano, dado que esto en el futuro traería conflictos entre los dos.

En la semana siguiente después del beso, las cosas fueron cambiando, ya se sentía entre los dos una sensación diferente, Federico no era muy afectuoso, no era de decir palabras lindas, no estaba acostumbrado, su personalidad no se lo permitía, pero con Julieta fue mejorando eso. Por su parte, ella que tampoco se caracterizaba por ser la mujer más tierna, en sus años había entendido que siempre era mejor ir controlando el carácter, que podría ser dura y al mismo tiempo amorosa, solo que este lujo no lo tenía todo el mundo, estaba destinado para las personas importantes, y por supuesto, Federico comenzó a serlo así que su ternura llena de detalles se fue manifestando con el pasar de los días.

El siguiente fin de semana habían acordado ir a un lindo restaurante, Federico había hecho la reserva en un exclusivo lugar, Julieta estaba emocionada con el pasar de los días. Federico la recogió esa fría noche de viernes, al subir al carro, él sintió nervios, la besó con mucha pasión, como si hubiera pasado mucho tiempo sin verla, se dirigían al restaurante y ya empezaba a volverse costumbre que él manejara cogiéndole la mano, acariciándola y esto le encantaba a Julieta. Ella, en ocasiones, le acariciaba el pelo o la cabeza y él con esto se sentía mimado; estaban cerca al restaurante por lo que fueron a buscar parqueadero, encontraron uno en una calle en bajada, hacían fila para entrar al parqueadero cuando de la nada Julieta vio cómo una camioneta en reversa ascendía rápidamente, en esos segundos no se imaginó lo que pasaría después, pensó que frenaría, pero no. Federico no podía mover el carro porque atrás de él había otro carro en la fila y delante de él, igual. Empezó a pitar, pero fue en vano, la camioneta en reversa lo chocó en la parte de atrás del carro, Federico se puso muy nervioso y no sabía cómo disimular, solo pensaba en lo que podía pensar Julieta, solo podía pensar en ella, en que estuviera bien y mientras pasaba esto por su cabeza la camioneta avanzó de nuevo hacia adelante para dar reversa más rápido, chocando de nuevo el carro de Federico, con esto dejó una abolladura bastante pronunciada en el carro.

La conductora se bajó asustada para arreglar y empezar el proceso de espera del seguro, Julieta miraba a Federico, le parecía raro que no veía una muestra de enfado en su rostro, estaba pálido y lo que no sabía Julieta era que estaba tratando de disimular su susto, su enfado, pensaba que el carro era nuevo y que le pasara esto no tenía sentido, había estado en el sitio adecuado, haciendo fila, esperando parquear. En su mente insultó a la mujer de la camioneta y cuando reaccionó, le preguntó a Julieta cómo estaba, si se sentía bien, a lo cual ella contesta que se sentía culpable y no sabía por qué. Fue el primer sentimiento que se le vino a la mente, en lo primero que pensó, culpa, no hizo nada, pero sentía culpa. Luego sintió pena, conocía que el carro era nuevo, no era de ella y no sabía qué hacer, nunca le había sucedido una situación de estas.

Lo besó, le preguntó cómo estaba, le cogió la mano mientras él hablaba con el seguro, después de colgar le preguntó si quería algo, sabía que tenía hambre y ella por tratar de que se sintiera mejor fue a buscarle algo de comer. Cerca había una panadería famosa así que le compró un jugo y algo del sitio. Cuando Julieta llegó con la comida, Federico se conmovió mucho, no había recibido ese tipo de atenciones antes, tan rápido y tan desinteresadamente. Llegó el seguro, hicieron un acuerdo con la mujer de la camioneta y salieron de ese sitio, él aún seguía con hambre y no quería que Julieta tuviera un mal recuerdo de esa noche, así que fueron a otro sitio a seguir con su velada, en donde hablaron por horas y olvidaron lo sucedido, después solo sería una anécdota más en su historia juntos.

Al otro día Julieta pensaba que la noche anterior había sido terrible y por alguna razón pensaba que Federico no quería verla, lo cual no era cierto, él no quería dejar de verla, ese día Federico le diría con claridad que le gustaba y mucho. Él ya sentía muchas cosas por Julieta, se sentía tranquilo y seguro, se sentía cómodo con las diferentes sensaciones y emociones que le hacía sentir Julieta. Pasaron el día juntos y Federico no se aguantó más y le dijo que le gustaba, le siguió hablando, refiriéndose a ella tiernamente con el apodo de amor y desde ahí seguiría así. Julieta se sonrojó, le parecía que todo iba demasiado rápido, no entendía por qué le había gustado tan pronto, nunca le había sucedido esto, siempre se demoraba en que alguien entrara en su corazón.

Ese día él la había invitado a salir a comer con su primo y la esposa, Federico ya le había hablado de ella al primo y en su emoción quería presentar a Julieta a todos sus allegados, era importante para él integrarla a su vida y así empezó haciéndolo; a Julieta le pareció raro esto, nunca había conocido tan rápido a la familia de la persona con la que salía, esta vez se dejó llevar, en su cambio de actitud simplemente dejó fluir la situación, igual se sentía a gusto, se sentía tranquila, le gustaba Federico. Ya en el restaurante Julieta estaba nerviosa, no sabía qué impresión les iba a dar, quería verse bien y mientras esperaban, ella cogió su celular para mirar cómo se veía, en esas Federico se acercó a la cámara, ella de forma espontánea le dijo que, si quería tomarse una foto y él accedió feliz, se la tomaron, esa sería su primera foto juntos.

Al rato llegó el primo de Federico y la esposa, se saludaron y de entrada les preguntaron en dónde se habían conocido, a qué se dedicaba Julieta, básicamente el típico cuestionario inquisidor que se realiza cuando se quiere saber quién es esa persona con la que está nuestro ser querido. Pese a todas las preguntas y los nervios de Julieta, todo salió muy bien, se fue integrando, de hecho, hablaba más que Federico, a su primo y la esposa les había agradado mucho, además compartían la misma profesión por lo que había mucho tema de conversación, la velada fluyó con armonía.

Federico dejó en la casa a Julieta y en el camino le había dicho que le preguntara cómo les había caído, él ya sabía la respuesta, dado que conocía muy bien a su primo y porque, por experiencia, sabía cuándo alguna de sus novias no les agradaba, así que solo esbozó una sonrisa tranquilizadora para Julieta y le dijo que sí, que apenas hablara con él le preguntaría.

Al otro día se vieron, aún Federico no había hablado con su primo y Julieta tenía mucha curiosidad, ese día almorzaron con una prima de Federico y de igual forma todo fluyó muy bien, ese día de fecha 28, en el carro mientras el semáforo estaba en rojo, Federico le preguntaría a Julieta si quería ser su novia, ella quedó en *shock* y solo dijo como gritando:

—¡¿Tan rápido?!

Lo cual asustó un poco a Federico, por un segundo se sintió mal, a lo que después de su reacción, Julieta más calmada le diría que le parecía muy rápido, pero que por alguna razón ella también quería así que le dijo que sí, se besaron y fue un momento inolvidable para los dos, con esto formalizaban su relación. Cada día se sentían más atraídos el uno por el otro, más unidos, querían pasar muchos momentos juntos y así no pudieran verse, se inventaban la forma, se veían por videollamada, muchas veces Julieta cansada, se quedaba dormida y él aprovechaba para tomar capturas de pantalla de ella durmiendo para guardarse esos recuerdos en su memoria, hablaban por teléfono, creaban una rutina muy linda, había algo que él hacía que a Julieta le encantaba y que luego extrañaría: Federico le cantaba, era como una especie de serenata virtual y esto a Julieta le llegaba a lo más profundo de su ser, había una canción que Julieta no conocía y era muy antigua, a Federico le recordaba a su abuelo y él constantemente se la cantaba, la canción decía:

Tú eres mi amor,

mi dicha y mi tesoro.

Mi solo encanto

y mi ilusión.

Federico no era de la capital, vivía aún con sus padres igual que Julieta y por esos días parte de su familia vendrían a visitarlos y a él le pareció una gran idea presentarle a su familia a Julieta, ya todos tenían curiosidad dado que Federico siempre hablaba de ella, aunque tenía miedo de cómo saldría. Ya Julieta conocía a algunos de sus allegados, pero aún no conocía a sus padres ni mucho menos al resto de la familia por lo que a Federico le pareció perfecto que los conociera a todos al tiempo, sin embargo, tenía mucho miedo, su exnovia no era bien recibida en su familia y no quería que Julieta sintiera rechazo o le hicieran algún desplante porque ya los conocía.

Eran buenas personas, pero si no encajaba, el trato sería diferente, además, que Julieta fuera aceptada era algo importante para él, sobre todo por su pasado y anterior relación que no contaba con el beneplácito de su familia. Llegaron al restaurante donde los estaban esperando, Federico presentó a Julieta a sus padres, a una tía y a otro primo con la esposa, como se hace en este tipo de reuniones, comenzaron las preguntas de las cuales Julieta con su espontaneidad salió bien librada. No fingía solo era así, amable y sociable e igual que con las otras personas que Julieta había conocido, pues cayó muy bien en la familia.

Días después Julieta le presentaría a su madre a Federico, fueron a almorzar, compartieron toda la tarde de ese domingo lluvioso y al final fue un gran momento, a la madre de Julieta le agradó, aunque le parecía muy callado y eso a veces le generaba dudas. Federico estaba muy tranquilo, su familia y amigos aprobaban a Julieta, a todos les caía bien y eso le permitió seguir más cómodo en la relación.

Antes de conocer a Federico, Julieta tenía planeado un viaje fuera del país con sus amigos, en realidad no contaba con ir con alguien diferente a sus amigos, sin embargo, Federico apareció en su vida y le contó sobre el plan del viaje, ella aún tenía una parte de miedo sobre todo por experiencias del pasado y siempre se decía que prefería viajar sola para no crear recuerdos innecesarios con otras personas que no valoraran su compañía.

El amigo de Julieta le dijo que invitara a Federico, pero ella tenía dudas, no quería presionarlo, no quería obligarlo, pero se armó de valor, quería que todo fluyera esta vez diferente así que le dijo a lo que él accedió, la reacción de entusiasmo de Federico le asombró a Julieta por lo que se emocionó aún más con el viaje. Faltaba un mes para este y ella imaginaba cómo sería, hizo compras porque quería verse linda y como iban para la playa, mandó a hacer vestidos de baño que hicieran juego.

El día del viaje llegó, ella estaba feliz, casi no durmió la noche anterior de la emoción, el padre de Federico los llevó al aeropuerto, Julieta estaba emocionada, se tomaron fotos allí, aunque en el fondo ella sentía que él no estaba tan cómodo, sabía que, a diferencia de ella, él no mostraba sus emociones y ya en el avión se enteraría del miedo a volar de Federico.

Casi todo el vuelo él la tomó de la mano, estaba nervioso y ella con mucho amor lo acariciaba y apoyaba, también salió su niña interior que se emocionaba por todo y por eso iba feliz mirando por la ventanilla del avión, pensaba en la composición de las nubes, en lo perfecto de la creación, veía el mar y se maravillaba de su inmensidad, con algún movimiento del avión Federico le apretaba la mano y ahí caía en cuenta de que estaba con él y le parecía perfecto.

Al llegar hicieron un corto recorrido por la ciudad, el hotel al que iban quedaba a dos horas así que les esperaba dos horas más de viaje esta vez en carretera, el conductor que también fue su guía turístico les hablaba de la ciudad, les contaba anécdotas, era una persona muy amable, les tomaba muchas fotos. Ya de salida de la ciudad hacia el hotel, Julieta aprovechó para dormir, sabía que Federico es de pocas palabras y no sabía qué pasaría con el conductor que era una persona muy habladora, para su sorpresa los descubría hablando muy entusiasmados.

Llegaron al hotel, era bastante grande y con una gran vista, sus amigos ya habían llegado porque el vuelo salía más temprano y los estaban esperando, se dirigieron a la habitación para dejar las maletas y cambiarse, ya que hacía bastante calor, fueron a almorzar y luego se reunieron con sus amigos, hablaron del vuelo y decidieron ir a la playa a ver el atardecer, en eso Julieta aprovechó e hizo una videollamada con su familia y les mostró el sitio donde estaban. Su familia estaba contenta por ella, sabía que su última relación fue muy dolorosa y que merecía ser feliz, se tomaron fotos con el atardecer, Federico y Julieta cogidos de la mano, disfrutando y viviendo ese momento que era perfecto, el mundo se detenía solo por ellos.

Durmieron juntos, a Federico le gustaba mucho verla dormir, a veces sentía que no creía todo lo que había vivido con Julieta en tan poco tiempo, esa noche hicieron el amor y para los dos fue maravilloso a su manera, se amaron, se conocieron lo disfrutaron, eran la pareja del paseo, la pareja del momento.

De vuelta en la capital el amor se había afianzado, querían estar más tiempo juntos y Julieta tendría que admitir que se había enamorado, no entendía por qué le había pasado tan rápido, nunca le había pasado y esta vez quiso dejar el miedo atrás, dejar su trauma del pasado y decidió dejar sentir todas esas emociones, se permitió sentir y estar en ese momento con Federico y disfrutarlo al máximo.

Por otro lado, Federico tenía sentimientos encontrados, sentía que amaba a Julieta y tampoco entendía todo lo que estaba pasando tan rápido, se sentía cómodo, Julieta era amable y le encantaba su espontaneidad, se veía con ella en el futuro, pero a la vez en esa montaña rusa de emociones buenas sentía dudas y no le parecía lógico porque con Julieta estaba construyendo una relación sana. Su familia la quería, los amigos y familia de Julieta lo trataban muy bien y aun así no entendía esa ambigüedad que estaba sintiendo.

Pasaron los días, seguían uniéndose más en la relación, estaban haciendo planes para otro viaje, de hecho, era para que Julieta conociera al resto de su familia y la ciudad de donde él era, el plan pintaba muy bien, estaban organizándolo, iban a viajar por carretera porque a Julieta le encantaba, pero un día todo cambiaría.

Federico recibió una llamada de su exnovia y en su ser las dudas afloraron, ella quería verlo para hablar y él sin pensarlo accedió, quedaron de verse en la noche y colgaron, Federico de inmediato llamó a Julieta y le contó, él pensaba que ella lo entendería y no le vería problema, ella al escuchar esa noticia quedó fría, sintió de inmediato que hasta ahí llegaba todo, ella sabía que eso no funcionaba como Federico decía, por supuesto todos sus miedos aparecieron de nuevo, y con razón.

Todo el día hablaron del tema, se pelearon porque Federico esperaba comprensión y ella no entendía por qué si era un tema pasado, que en conversaciones anteriores él decía que estaba cerrado, corriera a verse con ella con la primera llamada, eso le generaba conflictos en su mente, y no entendía. Federico no sabía qué hacer por lo que le contó a su madre lo ocurrido y por supuesto le dio la razón a Julieta, le hizo caer en cuenta de que si tenía novia no era necesario verse con su ex.

En la noche siguieron hablando, finalmente ese día Federico no se vio con su ex, sin embargo, en los siguientes días seguiría manteniendo conversaciones con ella y se verían sin que supiera Julieta, lo cual no fue necesario saberlo dado que el cambio de Federico en los siguientes días fue evidente, le hablaba menos, había cambiado la rutina, él siempre en las noches antes de dormir le dejaba un lindo mensaje a ella, quien madrugaba mucho a trabajar y él quería que ese mensaje le alegrara su día a día, pero esto fue haciéndolo cada vez menos. No hubo más serenatas virtuales, pasó de tener mucho tiempo para Julieta a estar muy ocupado, toda la energía de Julieta pasó de parecerle increíblemente arrasadora a intensamente aburridora.

En esos días Julieta cumpliría años y a Federico no se le ocurrió nada especial por la fecha, pasó de mandarle orquídeas de regalo de mes a no darle nada, ni tiempo, solo se limitaba a responder sin emoción, solo quería ser educado. Todos esos días serían de gran tristeza para Julieta, no podía obviar lo obvio, era evidente, su sexto sentido se lo decía y él con sus actitudes se lo decía a gritos, Federico se había visto con su ex y todo cambió, todo lo que habían construido se desplomó y Julieta saldría muy herida.

A pesar de ser evidentes los cambios de Federico, él los negaba y empezaba a pelear con Julieta, ella estaba desesperada porque por dentro sabía que pasaba algo, él no era así, él siempre fue muy especial con ella y Julieta no aguantó más y lo confrontó, hablaron y él solo decía excusas, que tenía mucho trabajo y había estado estresado, que ella lo estresaba, que ella lo presionaba y que eso fue deteriorando la relación. Absurdo, pensaba Julieta, o sea, hace menos de quince días él le decía que la amaba y estaban organizando el viaje para conocer a la familia de él. Esos últimos días antes de la ruptura, Federico había pasado de querer besarla siempre a no darle ni un beso rápido en los labios y tenía sentido porque ya se había besado con su ex y no podía hacerlo con Julieta.

El día del fin llegó, fueron a comer y Federico no sabía cómo terminar con Julieta por lo que ella lo ayudó con las palabras y él solo continuó con las excusas, salieron del restaurante, la dejó en su casa como si nada, como si no hubieran vivido lindos momentos juntos, como si nunca le hubiera importado Julieta, se le olvidó lo prometido, los planes, se le olvidaron a

Federico los momentos, lo bueno, lo malo y lo grandioso, todo se esfumó en un abrir y cerrar de ojos. Para Julieta no fue fácil otra vez ser abandonada con todo su amor para dar, con todo el amor que se le salía por los poros, sintió tristeza y desilusión, y, aunque eran altas las sospechas del motivo de la ruptura, Federico nunca le daría explicaciones.

Un día él borraría las fotos con ella, quitaría todo rastro de Julieta en su vida, no quería verla más, no le interesaba tener noticias de ella, indiferencia y desamor absoluto fue lo quedó después de un gran idilio. Federico simplemente desapareció sin dejar rastro dejando inconclusa una gran historia de amor creada por dos personas altamente sensibles, inteligentes que hacían, más que una linda pareja, un gran equipo, eran un poderoso equipo, Julieta y Federico o Federico y Julieta, el orden no importaba, pero la connotación en sus vidas sí, lo que se volvería inolvidable, la huella imborrable creada en pocos meses, la rutina, dos corazones y una historia —como dice la canción—, una gran historia de amor.

Tinieblas del amor

Por Yarley Olaya

El amor es parte importante de un ser humano, es vida, es salud, es felicidad. De esta manera, cada persona entra a ser un mundo diferente en el que aprende a amar, según su naturalidad.

Esta es la historia de una pareja a la que el destino y las circunstancias les enseñó el verdadero significado del amor. Fue un día de verano, cuando Sofía y Miguel coincidieron en el momento menos esperado. Sofía era una joven mujer de 20 años, a quien la vida le había jugado una mala experiencia. Era una niña de casa, criada por sus padres, quienes a pesar de su situación económica lucharon incansablemente por darle todo lo que necesitaba. Martha y José eran padres ejemplares y con deseos de lograr encontrar mejores oportunidades de vida, ya que se dedicaban al trabajo informal. Por el contrario, Sofía era una niña temperamental, que renegaba a diario su condición económica, pues con solo 15 años anhelaba tener todos los lujos que sus amigas tenían y le mostraban en forma discriminativa.

Sus padres optaron un día, cualquiera, por llevarla a vender sus frutas a la plaza de mercado y mostrarle el gran sacrificio que debían soportar para poder darle lo necesario, pero para ella era una humillación tener que acompañarlos a esa labor que la avergonzaba. Un día, luego de una larga jornada de trabajo, Martha decidió dejar salir a Sofía a una fiesta del colegio, pues le celebraban los cumpleaños a una de las amigas adineradas, Daniela, una niña de 16 años que gozaba de los lujos que sus padres le otorgaban. Ese día Sofía se puso un vestido y un moño que adornaba su peinado. Luego de unas horas de compartir con sus amigos, llegó el momento menos esperado por Sofía, su amiga Daniela aprovechó que se encontraba cerca de una piscina y, de manera despiadada, la arrojó sin medir consecuencias. De inmediato, Sofía salió corriendo envuelta en un llanto infinito, acompañada de dolor y angustia. Corría sola por las calles de su pueblo y a altas horas de la noche, cuando de la nada apareció un hombre, quien la asechó y se aprovechó de la situación.

Pasadas las horas, los padres de Sofía se mostraron angustiados al ver que la joven no había llegado a la hora acordada por ellos mismos, lo que hizo que salieran corriendo en busca de su joven hija. Más adelante, se encontraron con la niña, pero en ese momento entraron en *shock*, pues el estado en el que estaba no era alentador, caminando entre la oscuridad y con su vestido hecho trizas, despeinada y con moretones en su rostro y cuerpo. Fue un momento lleno de dolor, angustia y preocupación ante lo que le pudo haber ocurrido a su pequeña. Efectivamente, un hombre desalmado tomó su inocencia y le causó un gran daño.

Pasaron cinco años y, desde entonces, Sofía solo vivía encerrada en un mundo lleno de temor, de angustia y dolor, de saber que sus miedos impedían que volviera a ser como antes, desde lo sucedido, no volvió a salir de su casa y, por más que Martha y José se las ingeniaban para lograr que aceptara salir a ver la luz del sol, ella se negaba y entraba en pánico.

Un día de verano, y luego de tanta insistencia, por fin sus padres lograron lo que con tanto anhelo esperaban, por fin Sofía aceptó acompañarlos a un café que quedaba a dos cuadras de su casa. Fue, precisamente, ese momento en el que con temor volvió a salir, a sentir el aire de la vida externa. Llena de miedo y con sus manos frías y temblorosas, llegó a aquel café en el que se sentó sin pensar que ese sería el día en que empezaría una nueva aventura en su vida, una aventura que la llevaría a dejar sus miedos.

Mientras compartía con sus padres, frente a ella estaba un joven que, al verla, quedó encantado con su belleza, pero también preocupado al ver la tristeza que acompañaba su mirada, una mirada triste, solitaria y confusa. Miguel, aquel chico de 20 años que esperaba el instante adecuado para acercarse a la joven y tener ese primer contacto, aprovechó que los padres de Sofía se dirigían a la caja para pagar su café y, en ese preciso momento, sin pensarlo, fue hacia la mesa y se acercó a la joven. Los padres de Sofía, al ver lo que estaba pasando, decidieron ir de inmediato a proteger a su hija, pero al mismo modo vieron que el joven no tenía malas intenciones con ella. Miguel, con una sonrisa, intentó cruzar unas palabras con ella y de inmediato Sofía se llenó de miedo y decidió salir corriendo a su casa.

Sus padres, aterrados de ver su reacción, llegaron a consolarla y protegerla. Miguel, por el contrario, no entendía lo que estaba pasando ni por qué esa chica no aceptó su saludo y salió aterrada, por lo que decidió seguirla hasta su casa y se paró frente a un árbol que se encontraba justo frente a la ventana de la habitación de Sofía. Desde ese momento, su curiosidad por saber qué pasaba con esa hermosa joven creció, la mujer que le había robado su razón con su belleza e inocencia. Miguel se disponía a visitarla desde el árbol todas las noches a las 8:00 p. m., y se quedaba por dos largas horas solo observándola desde la distancia.

Pasaron dos meses y él seguía frecuentando aquel árbol, con la esperanza de poder tener una sonrisa de ella. Sofía, desde el primer día, supo que él frecuentaba aquel lugar, y a pesar de que no le inspiraba temor como otras personas, no se atrevía a mirarlo. Un día, la joven decidió contarles a sus padres lo que estaba pasando con aquel chico y, con una sonrisa, les dijo que no sentía temor de él. Por el contrario, se sentía segura, a pesar de no conocerlo. Los padres, con un gesto de asombro y felicidad, le aconsejaron que aceptara su saludo, que no era una mala persona y debía seguir su vida, que no había nada que temer y ellos siempre estarían para protegerla. Pero la joven, en cuanto escuchó esas palabras, decidió irse a su habitación a llorar por no poder aceptar el consejo de sus padres y, aunque sabía que todo estaba bien, la seguía persiguiendo aquel pasado que la había marcado.

Pasaron varias semanas y, justo para la noche de navidad, Sofía decidió aceptar lo que sus padres le habían aconsejado, pues aquel joven seguía visitándola todas las noches. Sofía salió corriendo de su habitación y se dirigió a la sala de su casa, en busca de sus padres, para pedirles que la acompañaran desde la ventana, pues estaba decidida a salir y esperar a aquel joven para por fin enfrentar sus miedos y darse una nueva oportunidad de creer en las personas ajenas a su familia.

Sofía se puso su mejor vestido y, con la ayuda de su madre, iluminó su habitación de belleza, pero antes, se aseguró de que sus padres estuvieran observándola, para así sentirse más segura y protegida. Pasaron las 10:00 p. m. y Sofía seguía en aquel árbol a la espera de Miguel, quien nunca llegó. Preocupada, entró de nuevo a su habitación y, envuelta en llanto, decidió no volver a salir.

Al día siguiente, y luego de lo sucedido, Martha le propuso a Sofía ir a aquel café donde lo vio por primera vez. Ella rechazó la idea por un momento, pero luego de unas horas, al fin tomó la decisión de ir en busca de aquel chico. Al llegar al sitio, efectivamente ahí estaba, sentado junto a una barra y disfrutando de un café. En ese momento, se dio la vuelta y vio en la entrada a aquella chica, la que con su belleza logró impactar su corazón. Sofía, de inmediato, le respondió con una sonrisa en su cara y con amabilidad aceptó su saludo. Aquello fue el inicio de una gran aventura, porque luego de unas cuantas horas de charla y risas, se dieron cuenta de que eran el uno para el otro.

Pasaron 5 años más en los que conformaron una tierna y amorosa relación y en los que Sofía había olvidado sus miedos. Después de este tiempo, nuevamente llegó una inesperada noticia para la familia, pues a Miguel le habían detectado una terrible enfermedad terminal: un cáncer que descubrieron cuando ya no había nada que hacer. Todos quedaron aterrados por tan lamentable situación, pero que, a su vez, los llenó de fortaleza para seguir disfrutando de su amor, y vivir los momentos más felices de sus vidas. Los padres de Sofía siempre estuvieron junto a ellos apoyándolos en todo, sabían que en algún momento pasaría lo inesperado y que debían estar junto a su hija para cuidarla.

Pasó un año más, de amores y felicidad, cuando, una mañana, sin esperarlo, Miguel dio su último suspiro. Sofía, devastada por la situación, no entendía por qué ese hombre, quien un día llegó para cambiar su vida, ya no estaba con ella. Junto a su cuerpo, se llenó de valentía, miró al cielo y agradeció a Dios por haber enviado a ese ángel, quien, en el momento menos esperado, había llegado para alegrar sus días y sacarla de ese mundo que, poco a poco, le quitaba el aire y le mostró el verdadero significado del amor.

Teoría del amor estelar

Por Diane Yael Armendariz Arriaga

A todos esos "trocitos de estrella" que se vuelven importantes en nuestra vida, aun sin saberlo.

«Hay una teoría que dice que las almas gemelas provienen de la misma estrella. Por eso, cuando se encuentran es mágico y parece que hay una conexión casi inmediata. La llaman "Teoría del amor estelar".

Nosotros, y en general cada forma existente en el universo, obedecemos a dos importantes leyes de la física: la ley de Lomonósov-Lavoisier, que nos dice que "la materia no se crea ni se destruye: solo se transforma", y la ley de cargas que afecta directamente a los átomos: "cargas iguales se repelen, cargas diferentes se atraen".

Siguiendo estás leyes, cuando una estrella muere, sus átomos, tanto positivos como negativos, forman elementos. Al conjuntarse dan lugar a nuevas y maravillosas creaciones que en algunos casos rebasan la imaginación.

Por otro lado, si consideramos la física cuántica y la ley de atracción, todos los átomos buscan a su contraparte de alguna u otra manera. Quizás no la encuentren en seguida, pero con el tiempo lo harán».

En años pasados, el chico hubiese tomado ese texto como una simple cursilería a la cual habían añadido datos científicos para darle más credibilidad. Incluso, muy seguramente su lógica estaría criticando cada párrafo sin perdón alguno. Sin embargo, ahora había una persona que le hacía pensar que quizás aquello no estaba tan errado y podía tener algo de cierto. Por muy difícil que fuera de creer, parecía haber encontrado ese trocito de estrella que le complementaba.

Si bien su relación ya llevaba cuatro años, detrás de dicha historia venían otros cinco años de amistad con aquella persona a la que llamaba "su pequeña estrella". Para algunos, eso sería demasiado, pero para el castaño era poco. Los días se sentían como minutos y ese largo tiempo eran apenas un par de horas desde la perspectiva del joven que no dejaba de amar como la primera vez que descubrió que había sido cautivado por su mejor amiga.

Aún recordaba aquella noche de septiembre y lo nervioso que se encontraba cuando soltó su confesión en un acertijo bastante rebuscado que la chica fingió no entender solo para torturarlo un poco y ser ella quien pidiera salir formalmente. La escena era cómica en su cabeza, pero lograba agitar su corazón de una manera tan especial y única cada que dicha memoria se paseaba entre sus pensamientos.

Si tuviera que describir su relación, seguramente diría que era similar a mirar un cielo estrellado en una noche de octubre. Había días en los que el clima era tan agradable que bastaba con alzar la mirada hacia el cielo para tener un hermoso espectáculo de estrellas tintineando sobre tu cabeza. Una escena que podía hacerte llorar debido a lo hermosa que era. En otras ocasiones, los espectáculos se daban sin previo aviso y te hacían saltar el corazón de felicidad. Sin embargo, también había días malos en los que las nubes opacaban todo, haciendo que el chico amante de las estrellas se sintiera triste. A pesar de eso, y aunque algunas veces se rendía, su pareja siempre estaba ahí para impulsarlo a seguir adelante y a no rendirse de intentar ver las estrellas por muy nublado que estuviera.

A través de los ojos de él, aquella mujer, unos dos años menor, era como una hermosa lluvia de estrellas que tenía oportunidad de ver todos los días. Junto a ella se sentía de la misma manera que cuando miraba el cielo. Le hacía sentir completo y que estaba en el lugar adecuado. Estaba en su hogar.

Aquella "pequeña estrella" se volvió un pilar fundamental en su vida poco a poco. Era su apoyo y quien le hacía crecer día con día. Cada nueva enseñanza que la mujer le daba a través de acciones y palabras, por sencillas que parecieran para ella, tenía una profundidad enorme para el muchacho. Fue por ello que por primera vez sentía el enorme deseo de entregarse por completo, pese a lo reacio que era con el tema de sus sentimientos. Un logro que ninguna de sus exparejas había conseguido.

Sin importar qué, quería probar ese dulce sentimiento del "verdadero amor" junto a alguien que le hacía sentir que todo era posible y que, quizás, era parte de esa estrella a la que una vez pertenecieron.

Buscando el amor en un sueño conmigo

Por Ana Sofía Otero Echavarría

En una montaña oscura y desierta escondida del mundo, vivían humanos, pero para ellos ese lugar era su mundo, nunca buscaron más allá ni se interesaron por salir de la montaña, pero, si no cumplías con lo único que te pedían, eras rechazado y debías retirarte, cuando eso pasaba la gente te daba por muerto, ya que más allá para ellos no había nada, era un desierto caluroso y sin luz.

La pregunta acá es: ¿qué era aquello que tenías que cumplir? Debian de amarse a sí mismos. Para muchos de ellos era muy fácil, como siempre vivieron amándose, no se les dificultaba vivir consigo mismos. Precisamente eso era lo único que Hanna no podía cumplir, respetaba a todos y tenía unos grandes valores, pero aun así no tenía lo que debía, era una adolescente destinada al rechazo.

En su mundo la gente la trataba mal, muchos adolescentes con su ego alto y sus malas palabras la hacían sentir como un pedazo de basura, ella no entendía por qué las personas, sobre todo los jóvenes, eran crueles con ella.

Hanna no tenía amigos y los únicos que eran cercanos a ella eran sus padres, confiaba mucho en ellos, pero ellos solo se dejaban llevar por lo que decía el sabio rey. Aun así, Hanna decidió contarles sobre cómo se sentía realmente y pidió ayuda para entender lo que era amarse a sí misma. Sus padres no entendieron cuando ella gritaba todo lo que sentía, pensaron que muy rara, alguien que no podría amarse. Sintieron que ya no tenían una hija, ya no existía aquello que tanto amaron, así que decidieron contarle al rey lo que pasaba, le dijeron que su hija era un problema, si no tenía amor propio, no valía la pena.

Antes de ser expulsada de aquello que llamaba hogar, allí no faltaron las malas palabras, Hanna no conocía lo que era el amor propio, era como si nunca se lo hubieran mostrado, aunque haya vivido rodeada de ese concepto.

Una pulsada en su pecho sintió al ver que todos aquellos con quienes vivió un lindo recuerdo la trataron como si su vida no fuera para nada importante, alejándola y rechazándola. Al salir de ese lugar Hanna lloró, sus ojos se hincharon y de tanto sufrir cayó a un pozo, uno que no la dejaba respirar, se sentía como una enorme arena, la arena la empezó a hundir, asustada intentó huir, pensaba que ahí moriría.

En el momento en el que la arena la iba a tragar apareció una serpiente, una que daba mucho miedo.

—¿Así que fuiste rechazada? —dijo el animal y burlándose decidió acercarse para así hacerle daño con su veneno.

—lo fui —respondió tirándose a la arena y dejando que ella le tragara

La serpiente deseaba comérsela, así que dijo:

—¿Deseas morir, pequeña?

Esa pregunta removió el interior de Hanna, ¿eso era lo que realmente estaba sintiendo? Estaba muy confundida, sin saber a dónde huir, la arena la seguía tragando lentamente como el mundo que la sofoca, como la gente que la juzgaba. Hanna lloraba y recordaba todo lo mal que la pasó, se sentía sofocada, deseaba morir, pero muy dentro de ella solo quería dejar de sentirse mal.

La serpiente la vio en su punto más sombrío, la vio derrotada, como un cuerpo muerto que no merecía seguir vivo, así que, como un gran animal hambriento, se acercó a Hanna y con su largo cuerpo empezó a dar vueltas alrededor de ella para estrangularla. Hanna, con todo su dolor, no pudo luchar, no tenía fuerzas. Pero cuando estaba a punto de morir un lobo negro grande con ojos azules y mirada feroz la ayudó, mordió a la serpiente con fuerza, haciendo que se fuera rápidamente arrastrando su largo cuerpo.

—¿Por qué estás aquí en este desierto con poca luz? —preguntó aquel lobo con mucha intriga.

—Fui expulsada de mi propio hogar porque no he aprendido qué es el amarse a sí mismo y no sé si realmente deseo morir —respondió Hanna con toda su sinceridad.

El lobo, al verla llorar, sintió que debía ayudarla para que lograra amarse.

En un principio, como era de esperarse, Hanna no sabía quién era y, al ser expulsada, se empezó a tratar mal a sí misma, pero el lobo le recordó que no era la culpable, de modo que poco a poco empezó a hablar con ella misma, se conoció y descubrió sus gustos. Siempre pensó que nada de lo que ella hacía no valía la pena, pero ahora hasta plantar un árbol la hacía sentir feliz. Por su parte, el lobo, como buen compañero, le ayudaba a entenderse, le recordaba cuando no podía más lo valiosa que era.

Tiempo después, una noche antes de volver a su hogar, Hanna tuvo un sueño en el que se vio a sí misma, muy joven, pero parecía ser sabia. Se acercó a sí misma y le explicó que para ella amarse era algo que no entendía.

—No te preocupes, soy tu niña interior y necesito que sepas que eres la única que puede protegerme, ver lo importante que eres y saber que nunca estarás sola, eres como una gota de agua en un desierto, eres luz en la oscuridad.

Hanna despertó de un salto, tocó su pecho y sus lágrimas cayeron lentamente, entendió que era más importante que aquello que llamaba hogar, que si se tenía a sí misma no necesitaba de alguien más.

Partió así con ánimos en busca de aquella montaña que alguna vez fue su hogar, pero a lo lejos vio que este lugar en el que fue rechazada estaba en peligro. Pese al dolor, ella no dudó en ayudar, así que se dirigió hacia ahí inmediatamente, acompañada del lobo, así juntos podrían advertirles a todos lo que pasaría: una gigante piedra caería en esa montaña y la destruiría.

Al llegar vio que aquellas personas que la lastimaron estaban, como siempre, burlándose de los demás, pero esta vez no se sintió mal, sabía que era más fuerte y que podría lograr muchas cosas, también vio a su rey, quien ahora no valía nada para ella, y por último Hanna vio a sus padres, parecían no extrañarla. Se dirigió primero hacia donde el rey y le habló:

—Están en peligro, deben salir de esta montaña —dijo sin tantos rodeos y un poco preocupada.

—¿Qué haces aquí? Fuiste expulsada, Hanna, no vengas a decir mentiras solo para salvarte del mundo que hay afuera —el rey respondió sin creer en su palabra.

—Señor rey, créame, solo observe hacia arriba, encontrará que una gran piedra caerá tarde o temprano, ¡no quiero perder a las personas con las que crecí! —expresó gritando entre llantos.

—Es verdad lo que dice Hanna, no es seguro este lugar —se interpuso el lobo.

—¡Salgan de aquí! —El rey los expulsó de la montaña.

Hanna lloraba de nuevo y le preguntaba al lobo cuál era el mal que ella había cometido, ¿por qué no le creían? Él solo se acostó sobre ella sin decir una sola palabra. Hanna no lo entendía, pero no podía hacer nada más. Cuando anocheció, el fiel compañero de Hanna le dijo que debían regresar, pues el frio podría lastimarlos, pero antes de que emprendieran su camino apareció un chico muy noble.

—¿Eres Hanna? —preguntó aquel adolescente.

—¿Quién eres? —dijo Hanna un poco intrigada.

—Solo quiero ayudar, el rey es terco, pero podré hablar con más gente. No estás sola, Hanna. —El chico se acercó a ella para acariciar su mano y mostrarle que podría contar con él.

—Está bien, creeré en ti —dijo Hanna secando sus lágrimas.

Hanna volvió con el lobo y esperó a que aquel chico lograra hacerlos entender. Estuvo allí por dos días, pero al ver que aquel joven no regresaba, decidió acercarse nuevamente a la montaña y para su sorpresa la encontró totalmente destruida, sin nada que pudiera haberse salvado. Desesperada empezó a buscar a las personas que vivían allí, pero todo estaba solo, silencioso y oscuro.

Hanna se arrodilló en la arena y solo pensaba en que el muchacho no pudo convencerlos. Sin embargo, cuando menos lo pensó apareció aquel chico sonriente.

—Lo hemos logrado, Hanna, todos están a salvo.

Hanna sonrió y se acercó al chico, quien la tomó de la mano para llevarla al sitio en el que se encontraban todos reunidos.

Una vez allí, tomó un micrófono que había en el centro del lugar y habló:

—Atención, hablaré con todos ustedes. Tal vez sea algo imprudente mencionar esto, pero ustedes no han entendido lo que es el amor propio. Toda mi vida pensé que ustedes eran mi ejemplo, que con ustedes aprendería lo que era amarse, pero ¿cómo enseñar algo que no tienen? Criticando y viendo a su alrededor quiénes son mejores. No los juzgo, tal vez en algún momento entenderán lo valiosos que son. A mis padres, que dirigen su mirada a donde está su hija, espero que se amen para que así puedan perdonarse, no les guardo rencor y siempre tendrán un lugar en mi corazón, pero aun así no quiero vivir rodeada de esta mentira.

Cuando terminó de hablar, Hanna dejó caer el micrófono al piso, el lobo le tocó la mano y con su mirada le dijo que lo había hecho bien. Estaban ya a punto de parcharse, pero en ese momento se acercó el rey un poco culpable.

—Lo lamento, no creí en ti. He sido un mal rey, impuse la ley sobre el amor propio, pero me di cuenta de que nunca logré amarme y de que muchos de nosotros no nos conocemos internamente ni sabemos cómo lograr hacerlo. Hanna, necesitamos de tu ayuda para que nos enseñes a amarnos.

Hanna, sorprendida, no podía entender lo que pasaba, pero tampoco la dejaron analizar la situación. Sus padres se veían arrepentidos, se acercaron a ella y le dijeron:

—Lo hemos hecho mal, nunca nos dimos cuenta de que éramos tan egoístas pensando solo en nosotros sin entender que amarse a uno mismo es más que eso. Hija, te amamos, nunca quisimos lastimarte, somos los culpables de todo.

—No deben sentirse culpables —les respondió Hanna—, gracias a lo que pasó pude saber quién soy realmente —

culminó, no sin antes prometerles a todos que enseñaría lo que era el amor propio.

Pasaron días, meses y años, y poco a poco el lobo y Hanna se convirtieron en personas importantes para aquel pueblo, crearon una nueva ley que era el respeto, respetar a todos y tratarlos por igual.

Hanna se sentó en la arena con el lobo y su familia, algunos niños también fueron, sus padres por fin lograron perdonarse, entender a su hija, quien les enseñó demasiado sobre el amor propio, terminaron abrazándose y contando anécdotas de los viejos tiempos.

Así termina este corto cuento que relata una historia de amor, una donde se enseña lo que es el amor propio. Aquel pueblo se convirtió en un lugar respetuoso donde conocieron lo que es amarse a sí mismos y a otros.

Un ángel de placer reivindica el gozo del amor

Por Bony Medina

Querido lector, soy Deli, un "ángel" de una reconocida marca de lencería y esto conlleva tener la edad, la belleza, el cuerpo y la desfachatez que al lector le dé la gana de imaginar, ojos miel que podrían mandar al manicomio al más cuerdo y un pelo castaño frondoso que cae sobre mis perfectos senos... Caderas latinas que van muy bien con mi color dorado y tengo el mismo endiablado "encanto" por detrás como el que llevo por delante.

Generalmente se me ve en ropa interior de colores llamativos, finísimos materiales, como encajes y satenes y llevo con garbo unas glamorosas alas que a veces me pesan, pero que en el fondo definen lo que soy: "una pobre hermosa criatura caída del cielo para deleite de algunos golosos escogidos con premeditación por mi "jefe" y mi misión es redimir sus almas practicando el hedonismo y placer en su más fina expresión".

El polvo tumba las alas I

Backstage: el camerino siempre me ha parecido caliente, pero hoy estaba que ardía, ¡deja de latir corazón. ¡Uff!... por fin terminamos, el desfile de navidad siempre nos exprime a todos, me divierte pensar que supieran que, para mí, la piel desnuda es la mejor lencería para noche buena… Pero bueno, la gente suele morirse por vernos así vestidas…

Me luce el rojo, es solo que sentí esos kilos de más y eso que la pasé evitando entrar en la pastelería francesa del escultural Michel… ¿estaba en primera fila? Me pareció que unos ojos me penetraban desde allá (el año pasado no fue desde allá…) bueno, ya basta de estupideces… me esperan todas, nos vamos de rumba… Este año no iba a ser la excepción, nos iremos a bailar con el grupo de las más antiguas de la agencia…

Unos vaqueros "levanta-nalgas", ombliguera de franela negra con las letras "VS" brillantes, fuera sostén, me estimulo los pezones como si fueran a quedar así… labial rojo, melena rizada suelta… Desde la puerta se oye un grito en coro:

—¡Deli!

—¡Sí, ya voy!

—Eh, sandalias negras de tacón alto…

—Jazmín Noire de *"Bvlgari"*, chaqueta de cuero negra y buena champaña.

Vamos en dos carros porque no cabemos todas en la camioneta de María, las que van con Isa arrancan primero… La noche está fantástica y tal vez por eso no nos despegamos de la botella de champaña que nos regalaron en *backstage*, siempre nos volamos del cóctel, irnos de fiesta y tratar de pasar desapercibidas en una discoteca gay de moda nos suena más. Creo que ya llevo media botella sola, me la dejan a mí porque creen que no soporto el pesado ambiente del lugar al que acabamos de llegar. Que crean lo que quieran, ¡yo me tomo otro sorbo!

Puerta VIP: nos revisa los bolsos un gorila de pectorales marcados y una piel dorada que antojaría en otra circunstancia, pero la cara de idiota que pone al ver 7 ángeles de Victoria Secret le quita todo atractivo, así que pasamos al frente de su gran... ¿miembro erecto?...

—¡Oh, por Dios! Chico, disimula —le dice Andrea y todas nos echamos a reír.

María, Isabel y Andrea están encargadas de ir por la bebida mientras Verónica, Sandra, Ana y yo avanzamos buscando una mesa estratégica... ¿por qué todos andan descamisados?, ¿qué es hoy?, ¿el día mundial del pectoral masculino? No sé si es la champaña, pero hoy hay muy buen rollo. Una buena canción me pone a bailar de una y todas me siguen, las de las bebidas llegan de su misión y dos meseros nos acomodan hieleras de trípode a lado y lado... hay un dj español de visita... la noche no puede ir mejor.

El lugar: era un viejo teatro, me explican Ana y María, que saben todo de la rumba en la ciudad, dicen que acá en vip no lo vemos, pero hay 4 ambientes distintos... parece que todos se ponen muy calientes más tarde. Es desconcertante que a los hetero nos cause tanto morbo venir a estos sitios, pero hoy no voy a filosofar. Abajo se presentan todos los shows, así que planeamos ir a ese ambiente para ver el show travesti. ¡Salud!

Me parece ver a alguien conocido, pero es casi impensable encontrarse aquí con gente formal, empresarios, o alguien relacionado con el negocio, así que brindamos por eso y nos desinhibimos. Ya llevamos una hora y media... la bebida desaparece de manera proporcional al afán del comienzo del show.

Una silletería de sala de cine con un corredor central lleno de gente sudada bailando y que termina en un escenario que antes sirviera de pantalla y tarima, es el contexto de la presentación... Un show de Río de Janeiro no tiene nada que envidiar a esto...

¡Uf, todos hombres! ¿Ya ven por qué hay que esforzarse en ser lindas? Ja… ¡qué travestis! Otros meseros nos traen los vasos, ya vamos en cocteles, mi Martini Lychee parece alcohol puro… y a grito herido:

—¿A quién le importa lo que yo haga?, ¿a quién le importa lo que yo diga?

Una aparición: ya no puedo diferenciar muy bien cuántos travestis bailan en la tarima cuando desde el fondo del pasillo un adonis deslumbrante camina hacia acá, camisa blanca de lino con una punta por fuera, pantalón de dril camel. Me desconecto de la dimensión mientras pienso en lo varonil que es al caminar y lo sexy que encuentro una espalda ancha y un mechón despelucado…

—Hola, Deli.

¿Qué? ¿Todo esto me saluda con nombre propio? Un siglo que dura un instante basta para reconocerlo y digo:

—Ho... Hola. ¿Qué haces tú aquí? ¡No serás…

Lo con risas, me acusa de lo mismo y se echa a reír.

—Hola Kiko ¡No lo puedo creer!

Le doy un beso en la mejilla mientras su mano roza la piel de mi espalda al saludarme y casi gritando le pregunto:

—¿Qué haces aquí? No habrás cambiado de equipo, ¿o sí?… no pensé que podría encontrarle aquí.

Por dentro me digo: "por todos los ángeles de la pasarela, ¡que no se haya vuelto gay!" Este personaje hizo que mi tanga se humedeciera casi a diario cuando trabajé para él, necesitaba una asistente y recién salida de la universidad fue el único trabajo que pude encontrar. Era un hombre casado, un ejecutivo guapo, brillante y con una determinación de éxito tan sexy que cuando sus penetrantes ojos negros se clavaban en mis… pezones… no podía ya mantener la concentración y casi siempre me tocaba huir de su oficina.

—¿Quieres ver los otros ambientes? El de rock está movido —me dice picándome un ojo.

Yo, que no lo puedo creer, le grito a María que me voy a dar "una vuelta". Lo he admirado toda la vida, es inteligente, sarcástico, su seguridad resulta tan antipática, que no entiendo cómo a la vez me resulta encantador. Me cuenta que se separó, le cuento que estoy soltera, lo bien que me ha ido, me cuenta cómo van los proyectos que dejé caminando en su empresa, nos burlamos de un tipo borracho que nos empuja y así transcurren un par de horas que me valdrán para toda la vida.

La sangre latina mezclada con licor suele resultar en una forma de bailar deliciosa y con mucho roce, sus manos me tocan y creo que le da morbo saber que mis pechos están libres…

—Oye, es electrónica esto se baila suelto.

—Deli, no importa, no quiero dejar de respirar tu perfume.

¿Qué? Al mismísimo *lord* de los *"Duty Free"* le ha gustado mi perfume. Oh, no puedo creer la sensación de poder que me produce estar en su compañía y verlo tan derretido ante mí. El tiempo va pasando y no sé cómo vamos acabando con media botella de vodka que había metido en un bolsillo del pantalón.

—Tenemos que acabarla.

Me muevo despacio, la luz de neón y las luces azules y verdes me hacen bailar por inercia. ¿Sus labios me quieren besar?

—Me encantaría besarte.

Me retiro un poco, podré estar ebria, pero a este hombre no lo quiero perder en un polvo de discoteca. Es hora de irnos…

El polvo tumba las alas II

Cuando ya casi mis labios me desobedecen y pretenden morderle ese labio grueso inferior aparece su hermano.

—Hola, lamento interrumpir. Kiko, ya nos vamos, ¡hay algunos listos para la foto!

Nos causa gracia la interrupción y entre risas se voltea, casi me encadena y me dice:

—Te llevo a casa.

Creo que es la primera vez que su delirio de poder me resulta excitante.

—Claro, pero espera, debo ir a avisar a las chicas.

—Sí, vamos.

En vez de irse con su hermano y el animado grupo con el que llegó, se voltea y le dice que nos vemos todos en el parqueadero.

—¿Estás segura? Pero si yo te llevaría a casa —me reprocha María.

Entorno los ojos, me acerco a su oído y le digo:

—¡He esperado irme con él alrededor de 5 años! Y solo estoy prendida, no ebria, a este aunque sea le acaricio los dientes...

Me abre los ojos con ese tono que suelo ponerle a ella de "Joder" *¿really?* Sonrío, le pico un ojo y moviendo la mano y tirando gestos de "Barbie besadora", creo dar por sentado que me despedí de todas...

El valet parking trae un Mercedes Benz clase e, blanco y para disimular mi boca abierta me presento con las 2 amigas del hermano que ya llegan un poco ebrias.

—¡Vienen listas! —me dice Daniel y con un "tenemos que seguirla donde Kiko" cierra toda discusión acerca de la ruta a seguir…

Imagino las intenciones del hermano con sus dos amiguitas y pienso en decir que mejor voy a casa, pero mi conciencia ebria y encantada con la velada me grita: "ni se te ocurra, ¡a seguir la fiesta!" Me siento de copiloto y cuando menos espero, lo tengo encima poniéndome el cinturón, sus ojos se clavan en los míos y respiro hondo, a lo que muy bajito me dice:

—Tranquila, es solo seguridad, ya puedo imaginar la cara que pones cuando… —Sonríe.

Maldito, ¡qué sexy es! Me trato de calmar buscando música en un radio increíblemente moderno… y me digo: "cálmate, Deli, solo estás un poco ebria, habría que comer algo... Dios, tomar agua me hará bien.

After party: al llegar a un apartamento dúplex donde vive solo ahora, tenemos que aguantarnos varias cachetadas de buen gusto mientras nos presenta su morada y yo, aunque ebria, solo puedo admirarlo más, ¿por qué me pone así? ¡Dios! Nos sentamos en un salón de muebles en cuero blanco y el anfitrión ofrece vino. Me trae agua con mucho hielo porque se da cuenta de que me siento un poco mal. Suena *"Neri Per Caso"* porque Kiko ha decidido que seremos víctimas de su melomanía y nos azotará con sus gustos musicales, de pronto me tiende una mano… estar en sus brazos, bailar suavemente y no hacer más esfuerzos está muy bien para mi mareo.

—Sé que huiste de mi oficina por un mejor empleo, Deli, pero a veces me pregunto qué hubiera pasado si te hubieras quedado.

—Kiko, a propósito de eso, nunca te pude explicar que se salió de mis manos, me ofrecieron mucho más… y yo quise hablar contigo…

—Lo sé, no quise, me molestó demasiado perderte.

Bueno por mucho tiempo pensé que había terminado odiándome cuando renuncié, ahora sé que era porque algo le importaba...

—Sabes, Deli, después de ti nunca volví a contratar asistentes tan sexys, tenía que hacer un gran esfuerzo por contenerme y a veces desde tan temprano.

—Me haces sonrojar…

—Esas faldas que tú crees que son formales con blusas de rayas, no solo te quedan demasiado bien, sino que tenían más efecto en mí, verte vestida provocativamente, ver como mordías el bolígrafo mirándome debajo de tus gafas. Los proyectos a veces iban divinamente, pero me encantaba hacerte demorar en mi oficina dándole vueltas a algo mientras te miraba reaccionar…

—Oh, no me digas eso, no sé qué decir.

—Solo sé que cuando me preguntabas si algún vestido te quedaba bien, te miraba en el espejo y mientras te respondía un simple "sí, muy bien" lo que en realidad pensaba era "mucho más que bien, tu trasero está para morderlo", pero sí tenías autonomía total en mi oficina, ¡lo hubieras hecho!,

Estamos como en una burbuja, siento como si no hubiera nadie más en el lugar… Como nos salimos a la terraza, el frío de la noche hace efecto en mi nivel de cordura, ¡entramos porque le piden abrir otra botella de Vino Malbec *"Luigi Bosca"* … uy, ¡me encanta!

—¡La próxima vez tomo de ese!

¿Dije eso en voz alta?

Se voltea diciendo: —Lo tendremos en cuenta para la próxima vez, señorita Victoria Secret. —Me guiña un ojo con picardía.

Ups, yo solo hacía un comentario, no le pedía una cita… ¿o sí? Subo a la segunda planta en busca de otro baño, pues en el de abajo está la amiga de Daniel... Una escalera caracol de piso de madera me hace pensar que estoy muy ebria, pues las vetas bailan al ritmo de Miguel Bosé … en el espejo del baño veo una Deli muy despeinada, el espejo, el mueble, despeinada, la taza… el espejo, el mueble, sonrisa, la taza…

Un vitral precioso: abro los ojos, son las 11 a.m. y un reflejo de luz llama mi atención con el sol y no sé porque efecto de la física, el rojo mezclado con naranja y amarillo de una lámpara de vitral de la mesita de noche da un efecto caleidoscopio que me hace sentir… ¡una resaca terrible!... una silla, una camisa blanca… ups el dueño duerme a mi lado en bóxer y descansa su mano en mi vientre, ahora que la veo, comienzo a sentirla con cierto… ¿deseo? Ups, ¿qué pasó anoche? Sigo mirando alrededor y sobre la alfombra yacen mis vaqueros… mando inmediatamente mi mano debajo del brazo que me rodea para constatar que… aún llevo puesta mi tanga.

—¡Buenas!

Mi anfitrión se despierta y en vez de quitar la mano, me acaricia la zona comprendida entre mi ombligo y la tanga… solo atino a sonreír.

—Buenos días, ¿qué hago aquí?

—Menos mal que no preguntas quién soy, te quedaste dormida en mi cama y cuando subimos a preguntarte si te llevábamos a casa. Dijiste muy decidida que mejor te quedabas. Fue tan contundente, que nadie objetó que me tocaría dormir a tu lado, eso sí debo decirte que de salida las chicas y mi hermano hicieron muchas bromas…

—Oh, no.

Tapo mi cara con la sábana y el agrega:

—Nos desearon un buen desayuno. —Sonríe… —¿Tienes hambre? —pregunta.

No sé si es el efecto del alcohol en la sangre, pero para mí esa pregunta no es acerca del desayuno.

—Sí, tengo mucha hambre.

Ups, mi respuesta tampoco pareció hablar de comida. El efecto de mis palabras parece ser inmediato… Sus dedos se deslizan tan rápido hacia mi clítoris y la entrada de mi vagina, que el resultado lubricante es inmediato, con una sonrisa maliciosa me dice:

—Se nota, nena.

Oh, ¿en qué momento me mojé de esta manera? Su mano en mi sexo me hace sentir tanto deseo que no alcanzo a objetar cuando su otra mano manosea mis senos con firmeza y sus dedos comienzan a jugar con mis pezones carnosos, se ponen duros y él no aguanta la tentación: comienza a chuparlos…

Una lengua profesional rodea mis pezones mientras un dedo insistente entra y sale de mi cuerpo… ya estoy casi a su disposición, así que quita la sábana, la camiseta, la tanga y su cuerpo sexy y varonil ya está encima de mí.

¡Oh! Sabe que estoy sorprendida, por eso antes de que pueda reaccionar, comienza a besarme de una manera demasiado morbosa, su lengua envuelve la mía y luego aprisiona mi labio inferior despacio con sus dientes, mientras tanto sus manos me

recorren y me manosea tanto que comienzo a mover mi cadera.
—Sí, imaginé que te moverías así, qué rica estás…

No puedo objetar, ni siquiera articular una palabra racional, por eso cuando me penetra ya la sensación es de dejarme ir... le pido más. Sus movimientos rápidos dentro de mí hacen que muy pronto llegue a un orgasmo intenso que me hace gritar y busco la almohada blanca de plumas, ahogo otros gritos, la muerdo… ¡Ohm!

Pasa desnudo frente a mis ojos camino al baño, ¡qué bien está! Voltea y me dice:

—Eso, mi querida Deli, sí es comenzar muy bien un domingo. —Sonríe y se mete al baño.

Estoy sonriendo, no sé hace cuánto tiempo quería esto, luego me río de la vocecita que en algún punto de la noche sugirió que debía irme…

El polvo tumba las alas III

La cocina: una camisa blanca de lino es lo más largo que hay en toda la habitación, bajo por agua, pues la resaca amenaza con ser demencial. Unas copas muy finas, una vajilla cuadrada (ahí está pintado, no podía tener platos redondos como todo el mundo) me río y de pronto me doy cuenta de que me mira desde la puerta…

—¿Qué le divierte tanto, señorita?

Está despelucado y desnudo porque está en su casa y porque no iba a ser de los que usa pijama.

—Nada, solo busco un vaso.

—Pues no será solo un vaso linda, ¡vamos a desayunar! —Me pasa un vaso señalando la palanca dispensadora del refrigerador y comienza la ceremonia de preparar un suculento desayuno.

Me siento en un banco y apoyo mis brazos en el mesón, no sé por qué estoy tan de buen humor.

—Me encanta verte sonreír Deli. ¿Sabías que comenzar el día con esa sonrisa puede traerte muy buena suerte?

—Ah ¿sí? No sabía que eras adivino.

—Sí, ¡lo soy!, por ejemplo, sé que estás pensando que no sé cocinar. Estás en lo cierto, pero pasé ayer por la pastelería de Michel y compré *croissants* de esos que tanto te gustan y un *quiche lorraine* que vamos a compartir, cafecito negro, jamón ibérico y jugo de naranja, ¿te parece?

—Kiko, me parece que eres una caja de sorpresas.

—No has visto nada, nena.

Luego de beber el último sorbo de mi café y de haber recuperado fuerzas con el suculento desayuno me dirijo al baño, quiero darme una ducha…

Sexy tina: Estamos juntos en el cuarto de baño.

—Dale, el agua caliente te hará muy bien para esa resaca.

—¡Gracias! Wow, qué lindo baño, anoche no me di cuenta de la tina.

—Anoche no te diste cuenta de la mitad de las cosas.

Cierro los ojos y dejo que el agua recorra mi cuerpo, me estoy enjabonando concentrada cuando de pronto siento sus manos recorriendo mi piel, me quedo muy quieta y él, como el mejor de los masajistas, logra que me voltee ofreciéndome entera.

—Deli, no puedo creer que estés aquí conmigo.

Un beso profundo y tierno por una milésima de segundo me llega a confundir... En seguida mi mente grita: "es solo deseo tonta, él nunca ha querido a nadie".

Como un hábil manipulador me voltea contra las llaves, separa mis piernas y cuando menos me entero, unas fuertes embestidas hacen que me olvide de mis pensamientos, de que no sé de qué va, de que es un pedante... mmm de todo.

Nos sentamos después en la tina, siento su miembro en la garganta... como puede ser tan… Wow, estoy cabalgando al hombre que más he deseado en la vida y mientras lo hago, un dedo muy hábil toca mi clítoris haciendo que gima de una forma que mi amante solo pueda respirar agitado y pedirme que no pare. No paro, claro que no, sigo cabalgando y las sensaciones son como choques eléctricos que nos hacen terminar gritando a ambo. ¡Uf!, qué placer.

¿Se me cayeron las alas?: No quisiera aburrir con detalles, pero es que son las 9:00 p.m. y desde que nos bañamos hemos dormido solo un par de horas alternadas con sesiones maratónicas que si hubieran tenido la intención de recrear el Kama-sutra no hubieran salido tan bien...

Estoy repasando cada detalle, él duerme y mientras me visto, veo algo que me hace pensar que el polvo tumba las alas, un reguero de finísimas plumas blancas da cuenta de los mordiscos que le metí a las almohadas. Si estas paredes hablaran dirían que el ángel que durmió aquí anoche se va satisfecha, empoderada, sin aureola ni inocencia… y con algunas plumas menos de sus alas… *¡Next!*

La metamorfosis de un ángel I

Otro desfile: me están maquillando y mientras miro en el espejo a esa mujer indiscutiblemente bella y con esa actitud de devorar el mundo, me pregunto si el cristal en serio me refleja... si los ojos son el espejo del alma, pues hoy la tengo muy intensa… sonrío.

—¿No hay café?

Alrededor todo es bullicio y alguien dice que en la sala del auditorio no cabe ya una mosca. Vuelvo a mis egopensamientos y se me ocurre que los seres humanos necesitamos este tipo de espectáculos y parafernalia para sobrevivir; con todo lo que pasa en el mundo, a veces la parte más emocionante de los tristes días de algunos es cuando vienen a un desfile de estos y les damos un poco de fantasía…

Una asomadita entre las cortinas… Wow, ¿está en primera fila? Estoy segura de que es él.

—Cierra los párpados, Deli, quieta.

Esta idiota maquilladora cree que por ser famosa puede hacer conmigo lo que quiera. Mmm el sostén no hace honor a mi talla, me las oprime, no voy a negar que me guste verme voluptuosa en pasarela, en ese preciso momento en el que casi todos babean, yo doy una vuelta y… completan de *"derrier"* últimamente me encuentro con estos pensamientos tan…tan...

¿A quién se le habrá ocurrido mezclar ropa interior con joyería fina? Si me llego a clavar uno de estos diamantes de *"Swarovski"* en… ja, ja, obvio, no podría decir nada en plena pasarela. Mis plumas están perfectas hoy, unas blancas, unas de carnaval, unas rojas, unas grises y unas negras para el cierre. ¡Qué nervios!

—Susana, ¿dónde está mi valeriana? Ah, ya la encontré, no vengas…

Unas 15 gotitas…. ¡Ring! Brinco de la silla por mi celular.

—¿Aló?

—Al parecer me harás esperar otros 5 años para volverte a ver, ¿no?

—¿Eh? ¡Ah! Hola, Kiko, ¿cómo vas?

No quise que se notara la emoción.

—Bastante bien y bueno, como nunca llamaste, decidí venir a ver el desfile, espero que no te moleste.

—¿Qué? Por supuesto ya lo vi, sí… es él. ¿Estás aquí?

—Sí, quiero verte vestida de *"garota du carnaval"*.

—Claro, claro, pero son varios vestidos, te sorprenderás… Aunque el desfile se hace en carnaval la casa aprovecha para presentar la colección primavera-verano.

—Vale, entonces te espero cual fan ansioso.

—Pero no te miraré… —Cuelgo.

Me aseguro de que cerré, suelto una sonora carcajada nerviosa, ¿en que íbamos?, las gotitas de valeriana… mmm otras 15... dejemos la mitad del frasco.

Una pasarela puede tener tantos riesgos como la vida misma… puedes resbalarte, estrellarte con otro modelo, pueden fallar las luces o el sonido, los tacones pueden ser inmanejables o los vestidos tan horrorosos de llevar, que uno tenga que olvidarse y actuar para poder salir. Una vez afuera, se te olvida el mundo, retumba la música y levitas llevando una lencería diminuta y fina que, si no es por los colores, las plumas, las lentejuelas, las joyas y los brillantes, caminar sexy sería un truco de magia y masoquismo.

Ya es mi quinta y última salida, igual que las otras cuatro me repito: "no está allí, no lo veo, no lo miro", ¿picándome el ojo? En el preciso momento en que por una milésima de segundo mis ojos se clavan en los suyos, ¿el muy idiota me guiña el ojo? ¿Cómo puede ser tan sexy? Sin temblar Deli, ya casi te escondes.... ¡Bien! ¡Ohm Acabamos!

¡Ring!

—Hola.

—Mi chofer te espera a la salida, me voy adelantando, chao…

— ¿Qué?

¿Colgó? ¿Pero quién se ha creído? ¿Y si yo no pudiera? ¿Qué me podría estar doliendo algo no? Jo…

Me intriga, siento una mezcla de emoción y terror, pero al vestirme salgo sin pensarlo al parqueadero y junto al Mercedes Benz clase e, blanco está Pedro, se identifica, es el chofer, me abre la puerta y enseguida se encamina hacia el misterio. En el camino voy recordando nuestro último encuentro, ¿ahora que se traerá entre manos?

El auto se detiene en un parqueadero y yo termino de mandar la última foto a mi fotógrafo para que escoja unas cuantas, un retoque de maquillaje y abro la puerta...

—¿Qué?, ¿un motel de lujo?… Estoy aterrada, no conocía estos lugares y por más de que sus nombres son conocidos por todos, para mí, lo que hay en su interior es un paradigma.

Pedro me indica el número de la habitación en la que su jefe me espera y me encamino por un corredor de piso de mármol muy blanco y con vidrios muy opacos.

Un columpio: la puerta está sin seguro y me deja abrirla rápidamente, el lugar es lujoso con unos toques *"Moulin Rouge"* que me hace abrir los ojos. ¡Wow! Terciopelo rojo, lamparitas de petróleo blancas, espejos clásicos Luis XV, velas… vaya ambiente de cabaret… Un muy sonriente Kiko me espera sentado sin camisa en un artefacto raro de hierro forjado con unas estructuras raras, cuyo uso pronto me será revelado.

—Hola, ángel.

—Hola. Hoy realmente me has sorprendido.

—No has visto nada aún, ¿vino tinto?

—Por favor.

—¿Sabes? Te quedan mejor los ajuares de colores, ¡el blanco ya no es lo tuyo, nena!

—¿Cómo?, pues no creo, ¡el plumaje blanco es mi preferido!

—Un día pronto comprenderás que la vida tiene otros planes para ti dentro de su paleta de posibilidades de color. —Sonríe malicioso.

—Kiko, ¡estás de atar! ¿Y esta máquina para qué es?

Me paso dos sorbos de una al encontrar un *sybian* que comienza a vibrar de solo tocarlo y me pongo roja enseguida.

—¿No quieres acomodarte?

Está sentado en una estructura que no entiendo, me señala una correa y dice:

—Por ahí metes una pierna y la otra…

—Ya, ya ¿y tú crees que me voy a poner tan disponible de una vez?

—Mira, si has recreado cada momento de nuestro último encuentro como yo, estoy seguro de que tu falda caerá en este momento y la blusita a juego cuyo escote provoca morder se soltará solita…

—¡Qué convencido, señor! —Me acerco. —Hoy usted no me ha saludado apropiadamente. —Recorro su labio inferior con mi lengua sin contar con que rápidamente me acerca a él y quedo atrapada contra su pecho…

—Así te quería tener…

—Suspiro y definitivamente la posición es incómoda y sino monto mis piernas abrazando su cadera me cansaré rápido, así que dos sorbos después, me tiene contra su torso, aún vestida, pero húmeda de solo imaginar lo que sigue… Me comienza a besar apasionadamente y, para poder tenerme, me aferro a su espalda que acaricio con ganas y él aprovecha para soltar las tiras de mi blusa y meter las manos bajo mi falda...

Su dedo recorre mi tanga y ya yo le ayudo a encontrar mi sexo que, ávido de sentirlo, se va mojando más. Saca su miembro del pantalón y cuando menos lo espero está rozándolo contra mi clítoris con rapidez, no sé qué clase de poder tiene este hombre en mí, pero yo misma tiro el resto de mi ropa para poder ayudarle a penetrarme ahí en un columpio que se mueve a nuestro ritmo y donde aferrada a su cuerpo me muevo de tal manera que hago que lleguemos a un orgasmo salvaje...

Cuando me suelto, voy hacia la ducha y me meto bajo el agua, al salir, está acomodado y sonriente en un jacuzzi que está al lado.

La casita del placer:

—¿Qué es esto? ¿La casita del placer? Nunca había estado en un sitio así. Me tiende una mano y me siento a su lado para ser manoseada durante un buen rato.

—¿No te cansas de tocarme?

—Ja, ¿quieres salirte? Adelante…

No contesto, me salgo del jacuzzi y agarro un albornoz de toalla que él me aclara que es nuevo y para mí. Me seco con una toalla, me lo pongo y la verdad como estoy cansada voy por un poco más de vino, camino por el lugar y analizo una cama antigua con cortinillas que remata el excentricismo del lugar, toco el cobertor y la suavidad del algodón me llama…me tiro allí unos minutos...

La metamorfosis de un ángel II

Él está al teléfono: —No, tranquilo Pedro vaya a su casa, déjeme el auto acá y vaya a descansar, gracias por todo.

Se dirige hacia mí. —Tenemos toda la noche libre. Sus ojos arden, algo me dice que no voy a dormir mucho… Se acerca y no sé de dónde sacó una pluma larga verde y azul del traje de carnaval y me dice:

—Quédate quieta. Suelta con propiedad el lazo de mi bata y ya estoy ahí otra vez, tirada en una cama, desnuda y a su disposición. Comienza a rozar desde los pezones hasta los dedos de mis pies con la pluma... Su manera de besarme y rozarme de alguna manera me hace sentir ganas de conectar, fijo mis ojos en los suyos y me quita la mirada. Es claro el gesto…

—No me vayas a hacer cosquillas, me río sin control, pues el roce de la pluma en ciertas áreas de mi piel me hace estremecer...

Cuando creía que ya por hoy no podría gritar más, Kiko se empecina en hacerme sentir el *sex-appeal* de mi piel y casi sin tocarme, después de estimular todo mi cuerpo se concentra en mi entrepierna y termino rogándole que me tome otra vez…

una embestida fuerte y deliciosa hace que me sienta como una cualquiera a su disposición, le miro a los ojos, me encanta darle placer y a él le encanta tenerme. Me devora y hace que me sienta a punto, cuando estoy por gritar él dice gimiendo:

—No puedo más.

Nos corremos juntos.

Confesión telefónica: —¿Qué te digo Maura?, ¡toda la noche! No me dejó dormir nada, me duele hasta el pelo aún… Creo que no dejó ningún centímetro de mi piel sin hurgar… Y sí, tal vez como dices, es posible que me esté enamorando…

—¿Ah? No, no espérate, ¿me estás diciendo que te estás enamorando del jefe más pedante que has tenido en la vida, que además conoces como la palma de tu mano y que es el perro número uno del círculo de *"yuppies"* de la ciudad? ¿El mismo que en la universidad era un pedante cínico y que lo odiamos mil veces por engreído? ¿De ese mismo?

—No, a ver amiga, espera... Que está muy cambiado… déjame hablar, no grites, Jo…

—¿Cambiado? ¿Pero es que aparte de follarte te exprimió la materia gris? Mira Deli, yo creo que no tengo que decirte que con el relato que me acabas de contar, el tipo en ningún momento te ha dado señas de querer entablar un romance, ¿ok? Como decía tu amiga Oren, lo que él quiere ser es un "follamigo" y ya. Cógelo de amante, devóratelo si quieres, pero si te vas a enamorar de él, vas borrando su número y a mí por favor me dejas de hablar.

—¡Joder, Maura! Déjame masticarlo estoy un poco mareada ya…

—Bueno, solo quiero que leas los signos, solo quiere sexo y del bueno, así que… ¡qué envidia maldita!

—No ayudas mucho, ¿eh?

—¡Ay, Deli!, solo quiero abrirte los ojos, no causarte una migraña, duerme, relájate y recuerda, como el mismo dijo, "come lo que quieras, pero prepáralo bien".

—Tienes razón, esa es su frase, creo que me ha sabido preparar... Hasta mañana, guapa.

La anunciación: me acuesto después de una taza de la poción esa árabe para dormir, no puedo dejar de pensar en la conversación con mi amiga de toda la vida, la que me conoce, la que sabe muy bien la historia… tiene razón, no me puedo enamorar, pasan por mi mente todas esas escenas y me duermo con los ojos húmedos… creo que me hubiera gustado algo diferente… ¡bah!

Me quedo profunda y empiezo a soñar, estoy en el mismo motel en el que estuve con Kiko, pero la luz es roja y se siente mucho calor, de pronto me parece que es un lugar tenebroso, pero estoy parada allí, vestida con un conjunto negro de látex y medias de malla, tengo las mismas alas negras del desfile, estoy acalorada y sobre mi piel dorada ruedan gotas de sudor, de pronto aparece, un hombre o un ángel o un… no sé definir qué es, en todo caso su figura maligna se ve y se siente exageradamente sexy, se acerca demasiado y cuando su barbilla roza la mía quedo sin aliento, con una mano me sujeta contra su piel y de pronto su lengua, cuando voy a pronunciar palabra, se me mete en la boca para besarme y en todo mi cuerpo se evapora la voluntad, me termina de manosear y su garra en mi cuerpo provoca una excitación única. (¿Es una garra?). Cuando comienza a hablar, el universo entero desaparece y siento que soy capaz de cualquier cosa con él, su voz es cálida al pronunciar:

—El Designio del Señor oscuro es que seas suya, a través de ti hará justicia. Ninguno de los elegidos, cuya lección no esté completa aún, podrá resistirse a ti, hembra y desde ahora ángel de placer. Tu poder recaerá en esa belleza que crees aprovechar como modelo y en tu inteligencia que no te ha sido dada solo para imaginar historias, sino para seducir. Nunca sentirás culpa de nada ni sabrás cómo elegimos tus víctimas. Es tu mandato disfrutar y saborear las delicias de la vida y las que te provoque el género masculino.

En ese momento estoy rendida a sus pies, me estremezco y siento que no puedo resistirme, deseo que me penetre, que me brinde todo el placer del que es capaz la criatura más sexuada de la creación… —Una cosa más: la única razón por la que no te tomo en este momento es porque te protegen las alas. El día que decidas ser una simple mortal, olvidar el amor y que se te olvide volar, te tomaré a mi antojo y arderás en el infierno por siempre.

Me despierto de un salto y no puedo entender nada. ¿Me estoy enloqueciendo? ¿Qué fue eso? ¿Me soñé con un diablo? ¡Ahora sí estoy definitivamente de atar! ¿Un ángel diabólico! ¡Vaya estupidez, hoy mismo mando a ese idiota al caño! …

Coincidencia enigmática: bajo a la cocina, necesito un café renegro, aún me tiemblan las piernas… una hora después estoy lista para ir a cobrar mi cheque. Antes de salir reviso el correo, me han enviado un sobre con las fotos.

A ver… qué bien me queda el blanco y bueno de "garota carnavalera" no estoy mal, qué buen desfile, la producción estuvo impecable. ¡Wow! ¡Qué lindas se me ven las plumas rojas y las grises! Ahí se ve Kiko en el público… De pronto meto un grito:

—¿Qué? ¡No puede ser!

Se me caen todas las fotos y quedan regadas por el piso… no doy crédito a lo que veo. Una foto es diferente a las demás, está editada y será la imagen de la próxima campaña, en ella estoy con un fondo rojo vestida de látex con medias de malla, botas y… ¡alas negras!, yo usé este vestido en una sesión, no lo recordaba, ¡es el mismo del sueño!

Una nota del productor de *"VS"* por detrás de la foto dice: *"Mi querida Deli: el ángel ha sufrido una metamorfosis y es ahora oficialmente una criatura dedicada al placer…. de ahora en adelante llevarás alas negras y te aseguro que esta imagen te va a poner en la cima del éxito, disfruta"*.

Me termino la jarra del café, le mando un mensaje a mi amiga Maura: *"Querida, ahora sí parece que se me saltó la tapa… Reunión urgente S.O.S."*.

¿Ángel de placer o vengador?

¡Estoy muerta de frío! ¿En qué momento se me ocurrió modelar ropa interior? Al menos si en esta ciudad hubiera estaciones, pues... La pedrería de estas alas negras se cae con nada, esto de ser la imagen de la campaña está resultando más extenuante de lo que pensé.

Mientras el fotógrafo se demora siglos al teléfono, yo divago por la locación y se me ocurren cosas que no sé... definitivamente, a veces siento como si el libretista de mi vida se burlara… ¿Me siento culpable?, ¿culpable de qué? Pero acaso, ¿qué es la culpa? Y, en el caso de que exista una manera correcta de hacer o no las cosas, ¿hay en serio una señora de túnica, ojos tapados y balanza en la mano dispuesta a juzgar nuestros actos?

Cuando pienso, casi siempre mi conciencia se desdobla y la "diablita" me llama por mi primer nombre:

—No, no Deli, ellos se lo buscaron y tú solo hiciste lo que te nació en el momento, ahora si Kiko no quiere una relación seria y tú lo tienes asumido... ¿por qué no disfrutar el placer de querer estar juntos y esa confianza que nace al fusionar sus mentes y cuerpos?

—Pero ¿y el amor?

—Ay, me vas a decir que lo preferirías en ese plan en vez del placer que te da y que te hace estremecer.

—Aterriza, guapa, que así vamos a acabar a medianoche, ven, quédate quieta, ahí estás perfecta con esa cara de lascivia y mordiéndote el labio inferior, ¿en quién estabas pensando hermosa? Ojalá que el que te tenga así invada tu mente en todas las sesiones fotográficas, ¡estás perfecta!

Ella ríe.

—No, Óscar, solo pensamientos metafísicos, ¡no te hagas ideas!

¡Por Dios! ¿Se me nota el deseo en la cara? No puedo creer que solo pensar en él me ponga así. La sesión termina y Óscar, el fotógrafo más sexy y gay que hay en la industria del modelaje, me deja en el bar donde quedé con Maura.

Cuando entro la veo dirigirse a los baños y me acomodo en la mesa que me señala, pido dos cervezas negras como nos han gustado desde la universidad y unos calamares apanados con salsita, el bar es un *pub* irlandés con la decoración típica que lo hace sentir a uno en el *"mood"* de escuchar ese pop-rock de los 80´s y 90's… si lo piensas bien, la música te hace sentir como si el tiempo no hubiera pasado... juego con mi celular y le doy otro sorbo a mi cerveza… Maura por fin viene del baño…

—¿Qué pasó? ¿Ya te estás terminándote la cerveza?

—Pues… a mí lo que no me gusta es que se le baje la espumita, eso es lo más rico.

—Deli, a ver... No te puedes dedicar a la cerveza así, ¿qué es lo que te tiene tan nerviosa? Te emborracharás y eso ya sabemos cómo termina. A leguas se nota que hay algo que te viene preocupando desde hace rato, ¿qué te está pasando?

—Pues no sé, la verdad, he tenido sueños muy raros desde hace unos días y eso se relaciona con una pesadilla que tuve, pero mira, es que hasta me siento ridícula contándote algo así…

—No, no amiga espérate, sé que no eres la más cuerda de todas… pero siempre te he tenido por una mujer inteligente que sabe lo que hace... a ver, cuéntame qué es... ¿tiene que ver con él? Ay, no voltees los ojos así que te conozco desde hace mucho y eso siempre significa problemas...

—No, no tiene que ver con él o bueno es posible que esto se haya disparado a partir de mi experiencia con él, pero no, mira es que tuve una pesadilla muy nítida y se ha vuelto una idea recurrente en mi cabeza, de hecho, a veces sueño pedazos que la completan y...

—¿La pesadilla esa de las alas negras y que te convertirías en ángel de placer? —Hace un gesto de picardía con los ojos como de quien lo aprueba.

—Sí, esa.

—No, no a ver mira, yo no creo que te hayas convertido de la noche a la mañana en la vengadora del más allá.

La sonrisita se le borra cuando ve que no me lo estoy tomando a broma. No, si es que no me convertí, ¡ya era!, desde hace mucho tiempo que lo era y tuve que pasar por todo esto para darme cuenta de que hace algunos años era y, aún hoy, soy un ángel vengador.

—Ahora sí estás mal. ¿Cómo así que vengador? ¿No era de placer? Mira Deli, no soy nadie para decirte qué hacer con tu vida, pero si algo puedo aportar, es que la sexualidad no puede ser analizada bajo la lupa de la moralidad, suelta la culpa porque es de lo más natural e inherente al ser humano, no te rías, hablo en serio, además, ¿me vas a negar que lo has disfrutado? Ya me contarás el resto de la historia, de seguro me voy a morir de la envidia, pero lo que sí puedo decirte es que un profesor de Tantra me enseñó una pregunta que ha cambiado mi vida y por eso, cada vez que voy a hacer algo me pregunto si eso se siente amoroso conmigo… No sé si a ti te sirva igual, pero no te des tan duro, por favor.

—La verdad ya no sé qué pensar, tal vez tienes razón.

Terminamos la jarra de *"Erdinger stout"* y poco a poco nuestra charla también, para ese momento el reloj marca la medianoche y somos confidentes inmersas en un diálogo que me marcaría por siempre.

La resaca: al siguiente día me despierto pasadas las 11 de la mañana y no puedo entender si es un dolor de cabeza, una baja de tensión o un castigo del mismísimo "Baco". Me levanto y comienzo a recordar quién soy, lo que hice anoche y… algunas escenas de alcoba con un Adonis no imaginario que me recuerdan que últimamente he estado disfrutando mucho… Se me dibuja una sonrisa en la cara porque no todo ha dependido de él. ¿Cómo se me han ocurrido tantos disparates?

¡Ring! El teléfono me saca de mis egopensamientos y como si supiera que estaba pensando en él, Kiko dice:

—Hola ángel, ¿cómo te encuentras hoy? ¿Estás lista para irnos de viaje sexual? Te recojo en 1 hora.

No sé por qué, pero me molesta mucho ese saludo y esas palabras que me ordenan salir hoy, preciso hoy que lo único que quiero es descansar, preciso hoy que estoy pensando tantas cosas acerca de lo que hablamos con Maura y no, no me voy a dejar dar órdenes con esta resaca.

—Pues Kiko, hoy no pretendo salir, estoy cansada, con resaca y de mal humor… no estoy para que me den órdenes de ningún tipo y espero que no lo vuelvas a hacer.

—Oh, ¡vaya! ¡Qué genio traes! Ya se te pasará, lo dejamos para el otro fin de semana. Chao.

¿Me colgó? ¡Qué idiota es! En verdad, es una falta de respeto que piense que puede hacer conmigo lo que quiera, solo porque le permití llegar tan lejos, puede sobrepasarse conmigo. No, no me gusta que me traten así, no me gusta que me tomen de última opción y que para rematar me den órdenes. No y no.

¿Cómo era la pregunta esa?... Poco a poco voy recuperando mi salud, mi ánimo y cordura y después de una sopita de tomate deliciosa, comienzo a ordenar y poner divino mi espacio. Mientras doblo la ropa llegan a mí las palabras de Maura: ¿Esto se siente amoroso conmigo?

No hace falta argumentar mucho para darme cuenta de que nada de lo que ha pasado con Kiko ha sido amoroso conmigo, lo he disfrutado y ha tenido mucha adrenalina, pero para mí la sexualidad es otra cosa, debería ser algo mutuo y no una guerra de poder. Debería sentirse bien y no mantenerme hecha un mar de nervios. Teniendo tantos otros admiradores por ahí, ¿por qué me someto a esto?

Después de un té, me relajo en el sofá, me pongo a revisar algunas fotos de los desfiles y me da por revisar nuestro chat, cada línea que me ha escrito, cada imagen compartida... empiezo a leer entre líneas la manera en la que yo, al dejarme llevar por mis instintos, he sido permisiva, no he marcado límites y he tenido dañado el botón del "no". Sin culpa, pero con objetividad, comienzo a sentirme responsable de la forma en que me ha tratado.

Un ángel de placer reivindica el gozo del amor

Otra confesión telefónica: Maura, mi amiga de toda la vida, la que tanto me conoce, quedó preocupada anoche y llama para saber cómo he pasado el día...

—¿Sobreviviste?

—Pues sí, pero estoy hecha un trapo, muy lentamente me he ido recobrando y tú, ¿cómo estás?

—Yo bien, me llamó el de la mesa de al lado.

—¿Cuál? No me acordaba de eso, ¿le diste tu número real?

—Sí, obvio, ¿cómo haría para ir a practicar todas tus enseñanzas?

—¿Cuáles enseñanzas? Si lo dices por lo de Kiko, pues tendré que bajarte el volumen porque anoche me quedé pensando en lo de sentir amorosamente todo lo que hago y se rajó con honores.

—Bueno, pero eso ya lo sabíamos, no creo que tú hayas pensado que te iba a ofrecer algo diferente, ¿o sí?

—No, no, yo siempre tuve claro su juego y quiero confesarte que yo misma quise jugar rudo. Quise recordar mi sensualidad, quise poner mi piel a vibrar, pero es que precisamente me di cuenta de que "esa energía" no aparece por él, ese instinto está dentro de mí y puede ser que tal vez él lo haya despertado, pero hoy entendí que para sentirme así solo debo permitírmelo y no necesito de él.

—*Oh, my God.* Ahora sí te chiflaste…

—Y tengo más, mira lo de la culpa que te estaba contando anoche, no tiene ningún sentido. Me hago responsable por mis ganas y por mi cuerpo y no voy a sentirme inapropiada por vivir mi sexualidad libre y naturalmente.

—¡Así se habla! Por fin ha regresado mi amiga, la cuerda que me da polo a tierra, bienvenida de vuelta, Deli.

—Bueno y por eso mismo me gustaría ser coherente y cortarlo ya de raíz.

—No, pero mejor que tengan una charla, ¿no?

—No, no valdría la pena el desgaste. Está claro que sus intenciones son otras y va a intentar, en el mejor de los casos, de romperme todos los argumentos, pero no creo que haya nada que negociar, en cambio siento que la discusión puede prestarse para que me haga sentir irrespetada de nuevo.

—Entonces, ¿lo vas a bloquear?

—Sí, pero antes de hacerlo tengo que agradecerle por tanta diversión y orgasmos. Mentiras, mira le estoy escribiendo esto en nuestro chat:

"Gracias Kiko, ha sido divertido vivir todo esto contigo, gracias por esa energía poderosa y por la fantasía, pero entiendo claramente que pensamos diferente acerca del sexo y del amor. Creo que por eso es mejor que no nos veamos más y, por si no queda claro, no me interesa ir contigo a ningún viaje sexual el próximo fin de semana. Vive deli y sé feliz".

—¿Estás segura de mandarlo?

—Sí, Maura, ¡ya lo mandé a ser feliz! ¿Sabes algo más? Quiero agradecerte porque anoche entendí que, si quiero que me elijan, soy yo quien debe elegirse y que además soy yo quien disfruta su sexualidad cuando quiera, sin necesidad de nadie más.

—¡Me encanta! Por fin Deli, por fin entendiste que todo… todo, al final es solo cuestión de amor propio.

—Sí, Maura, tienes razón, ahora estoy rendida… me rindo al amor… propio. Me voy a dormir. Descansa amiga.

Búsqueda idealizada, desafortunados encuentros

Por Ana Sofía Hoyos Cadavid

Quien quiera que seas tú, dejo a libre elección cómo puedas tomar la serie de hechos que, a lo largo de este microrrelato, se desatarán.

Siempre quise hacerlo… Estar aquí exponiendo brevemente las historias que a través de estos 17 años han envuelto mi vida. Aquellas con un trasfondo lo suficientemente fuerte, quizás triste, aburrido, sorprendente, pero… cómico. Esa soy yo, un ser que se ha desenmarañado en medio de lo inesperado. Aspiro a que mientras llevas el hilo conductor de esta lectura, viajes a cada uno de estos instantes y vibres según la emoción de cada momento.

Todo comenzó aquella noche que, narrando historias de mi vida, alguien especial se refirió al talento que tenía para exponer de manera jocosa cada una de mis historias, aun sin importar su contexto o cuánto daño me pudo haber hecho. Sin embargo, veía inalcanzable tener en mis manos la oportunidad de escribir y hacerme a la idea de que miles de personas pudiesen conocer una parte de mí. Siempre me he destacado por ser atractiva y loca, viviendo al límite, pero a pesar de ello, una mujer que siempre consigue lo que se propone. Ahora, estoy aquí desafiándome, retándome a ser yo y a empezar de cero con cada uno de esos hechos de amor, a lo que ellos se refieren como "caso cerrado".

I

Infancias de un amor genuino

El primer personaje es Jean Paul, un chico con tan solo 3 años, (¡qué chico, eso debería nombrarse bebé!) Sí, aquel infante era quien hacía latir mi corazón con tan solo gritar mi nombre para salir a jugar. Entre juego y juego, predominó una fuerte conexión, pues hizo que toda la cuadra nos llamara "novios". Así es, un término muy fuerte para dos personitas que apenas y sabían comer solas. Andábamos siempre juntos, donde estaba uno, estaba el otro, ya fuera en la tienda, en su casa armando casitas, en su videojuego *Toy Story,* gozando de los cantores de chipuco, en la calle simulando procesiones de santos o en mi casa jugando a las muñecas y disfrazándonos con la ropa vieja de mi abuelo. Éramos dos almas difíciles de separar. No obstante, fue con tan solo 4 años y 8 meses de vida que conocí frente a frente la decepción amorosa, dado que este "gran" personaje había adoptado como costumbre ir a jugar con los otros niños, sin yo recibir al menos de su parte una invitación, prácticamente ya no compartíamos tiempo juntos, y si lo hacíamos era porque este principito utilizaba la conveniencia de por medio. Aproximadamente 2 años después, comprendimos que no estábamos hechos para algo tan fuerte como lo era el amor, así que decidimos darle una oportunidad a esa linda amistad que detrás de todo ello, siempre estuvo. De este modo, surgió lo que hoy en día llamo el lazo fraternal más fuerte que ha tenido mi vida, así es, Jean Paul es mi mejor amigo desde que tengo uso de razón, él siempre ha estado, está y estará aquí en esto que consideramos "corazón". Realmente no sé qué pudo ser de mi infancia si él no hubiese estado presente, como dirían en mi pueblo, "hemos pasado por las verdes y las maduras", pero aquí estamos, venciendo retos y alcanzando sueños.

El segundo invitado en esta historia se llama Filiph I. Su papel principal siempre fue el de vecino y hermano de mi amiga más cercana, aquel cuyo interés nunca fue el estudio ni llevarse bien con sus padres. Era un niño rebelde, criado a base de gritos y reproches, pero siempre trataba de ver cada experiencia como un juego, una aventura más. Todo se desenvuelve a partir de juegos y conversaciones que diariamente tenía con su hermana, pues luego de terminar nuestros deberes escolares, viajábamos horas al mundo mágico de Barbie, nos divertíamos lo suficiente para que nuestras madres nos entraran con el último grito más fuerte. Vale la pena aclarar que, Filiph I, a pesar de ser un chico, se involucraba en nuestras femeninas aventuras, cumpliendo el papel de papá y… ¿Adivina qué Sofía era la mamá? Exactamente, yo siempre fui esa figura característica.

Pues bien, nuestro amor fue dentro de lo que cabe, muy extraño, dado que a mi abuela (quien velaba por mi bienestar mientras mi madre trabajaba) nunca le agradó la idea de que saliera a jugar mientras él fuese participe de ello. Consideraba que era un niño desorientado, no le gustaba como actuaba con sus padres y, peor aún, cómo se comportaba de manera soez y brusca con tan solo tener 8 años, a diario le manifestaba esta inconformidad a mi mamá. Por lo cual procuraba salir poco mientras él estuviese. Sin embargo, para esta chica nunca hay un impedimento, ya que al darme por enterada de que nuestra conexión era mutua, comencé a escribirle cartas (imagínate con 6 años cómo era mi ortografía y mis dibujos representados en palitos), aquellas en las que plasmaba el cariño que para mí representaba lo que fuera que tuviésemos en aquel entonces.

Así pues, su hermana cumplía el papel de mensajera y a su vez, era quien me echaba la mano para redactarle lindas palabras. Aunque lo bueno no perdura, pues una tarde, su madre nos invitó a almorzar a mi mamá y a mí (ellas eran bastante cercanas y era así como yo veía una gran posibilidad de volverlas consuegras). Al llegar al comedor, lo primero que vi en la nevera fueron mis cartas. Así es, estaban pegadas con imanes decorativos. Obviamente las reconocí al instante, mi impresión fue tanta que era inevitable que mi madre no se diera por enterada.

Entonces he aquí donde Ana Sofía se encuentra por segunda vez frente a frente con doña desilusión amorosa. Lastimosamente, mi madre no iba a tolerar aquella atrocidad, pues me dio a entender que yo era una niña y no debía dejar que por mi cabecita pasaran cosas de personas adultas, que ya vendría tiempo para todo esto, pero… ¿Será que escuché lo suficientemente bien estas sabias palabras?

Démosle la bienvenida a Filiph II. Así es, en este relato habrá una serie de acontecimientos y personajes que espero que te dejen plenamente perplejo. Vale la pena resaltar que de pequeña mi madre me inscribía en actividades extraclase, como natación, plastilina, entre otros que desarrollaran mis competencias intelectuales y cognitivas. En medio de todo ello, me daba la oportunidad de conocer e interactuar con otras personas (aquellos que me conocen y hacen parte de esta lectura, muy bien saben que Sofía no es Sofía, si no socializa con los demás). Fue entonces, cuando en uno de tantos cursos de natación, conocí a este nuevo personaje, quien hacía parte de mi clase, siendo uno de los más aplicados. Se destacaba por su gran habilidad para realizar cada uno de los ejercicios que el docente estipulaba, teniendo en cuenta sus cualidades físicas que se hacían notar a larga distancia, algo que claramente me cautivó desde un principio, tanto como para que mis compañeras siempre molestaran con el tema, pues con la mayoría de ellas iba a la escuela y ya te imaginaras cuál era el tema de conversación durante la jornada estudiantil. A pesar de ello, todo lo que sentía por él fue en vano, pues solo se concentraba en ir a la clase, haciendo caso omiso a cada uno de los comentarios que nosotras hacíamos (A todas luces era un niño con escasos 7 años, no iba a estar pensando en conseguir novia y menos en una clase como esta). Exactamente, nunca pasó nada, nunca me di por enterada si Filiph II alguna vez echaría un vistazo a lo que era y sentía en medio de mi inocencia. Pasaron los años y traté de buscarlo en redes, pero jamás pude encontrarlo. Así que, si lees esto, Filiph II, fuiste lo mejor de ir a natación a los 7 años.

Al parecer, con el pasar de los años me gustaba uno diferente, vamos a ver qué giro inesperado puede dar esto. A continuación, Jhon Andrew I, cuarto personaje, aquel cuya madre era una de las amigas más cercanas de la mía. Normalmente, desde que estaba muy pequeña, teníamos la costumbre de ir de forma constante a la casa de ellos, pero él nunca había cautivado mis instintos hasta que cumplí 8 años y las cosas cambiaron rotundamente, pues Jhon Andrew I estaba a punto de cumplir los 10 años aproximadamente. Para mí, se había vuelto más atractivo. Tomando en cuenta que en aquellos tiempos el prototipo perfecto para Ana Sofía era aquel mono alto de ojos zarcos, ¿adivina quién cumplía con estos requisitos? Ni más ni menos, caí de nuevo en las redes del amor. Recuerdo que una tarde fuimos de visita y ahí estaba yo tratando de buscarle el lado para jugar o entablar una buena conversación. Su tía siempre me decía que tirara el lance, que ella sabía cuan tragada estaba yo. En medio de todo esto, él estaba entretenido con su *play*, quise acompañarlo y mientras iba realizándole una serie de preguntas, tipo cuestionario (*Mood* intensa). En ellas reflejaba cómo actuar en cuanto a una conexión amorosa. Si la memoria no me falla, una de estas fue: "¿Qué le dirías a una chica si declara su amor por ti?" Su respuesta fue: "Le doy un puño". ¡Perfecto!, ya estaba preparándome entonces para ese grandioso golpe, pues ya estaba acostumbrada a hacer el oso con él. Como la vez que hizo su fiesta de primera comunión y cuando fui a entregarle el regalo, le dije "Feliz cumpleaños". ¡Qué pena! Para colmo de males, otro día estaba en la casa de mi mejor amiga (en aquel entonces) y en esas hubo cierto chantaje para que yo le diera mi contraseña de Facebook, obviamente ella conocía todo el rollo con Jhon Andrew I. Lamentablemente se la di y lo primero que hizo fue escribirle cierta propuesta indecente para una niña, le dijo que si quería ser mi novio... Yo no sabía dónde meterme ni cómo reaccionar cuando él respondiera ese mensaje.

Pues resulta que esa misma noche a mi mamá le entró una llamada y era su madre, expresándole lo que yo había hecho esa misma tarde. Ella procedió a regañarme, por suerte traté de explicarle que no había sido yo, pero luego la discusión era sobre por qué yo les había dado mis datos privados a personas ajenas. La cuestión quedó ciertamente tensa pero no se volvió a tocar el tema, ahora el problema era cómo iba a volver a esa casa después de esto. Al tiempo, salí a vacaciones de junio, y ese mismo día fui de nuevo a la casa de mi mejor amiga, jugamos demasiado y minutos antes de irme ella me incita a hacerle una carta a este personaje. Accedí, pues soy más terca que una vaca, no iba a rendirme fácilmente al amor que sentía por él. Nos dispusimos a plasmar todos y cada uno de mis sentimientos en ella con las siguientes palabras:

De: Sofi, la que te sueña.

Para: Jhon Andrew I, mi hermosura.

Jhon, yo sé que cuando yo te pregunté que cómo reaccionarías si una mujer te diría que está enamorada de ti, tú me contestaste así: —Le pego un puño.

Estoy enamorada de ti

¿Me aceptarías?

Sí____ No____

Te amo, mi príncipe…

Todo marchaba a la perfección, la decoramos, le hicimos un sobre y la guardé en mi mochila. Regresé a casa y, como estaba tan cansada, hice una siesta. Teniendo en cuenta que cuando salía a receso, mi abuela tenía la costumbre de lavarme la mochila para que estuviese en orden para el semestre siguiente. Al momento de desocupar cada uno de los bolsillos que contenían esta, se llevaba la grata sorpresa de que había un sobre de color rojo, ella muy curiosa lo abrió y por desgracia se lo contó todo a mi mamá. A los minutos me despiertan las dos a los gritos, me sientan en las escalas de la casa a darme el repertorio completo de lo que significaba hacer este tipo de cosas. Consecuencia de ello me castigaron y me advirtieron que, si para eso iba a la casa de mi mejor amiga, era mejor que nuestra amistad no continuara. No sé qué me dolió más, si nunca haber entregado la carta o tener en la cuerda floja una amistad de años. Finalmente, me rendí con este chico, después de esta sarta se me perdieron los ánimos para seguir luchando por un amor que ni siquiera sabía si era o no era mutuo. Afortunadamente, él nunca se dio por enterado de todo esto, o por lo menos eso espero…

Continuemos con mis descaches amorosos, con ustedes Cristiano y Serge. Todo comienza una Semana Santa del 2013, así es, iba a cumplir 9 años. Mi madre y yo viajamos a donde vive la familia de mi padrastro, era la primera vez que iba. Mi madre me contaba que él tenía una numerosa familia y entre ella, había muchos sobrinos de todas las edades posibles. Estaba muy emocionada porque iba a jugar y conocer lo suficiente. Resulta que, dentro de tantos personajes, quedé flechada con dos de ellos, aquellos cuyos nombres mencioné anteriormente, los cuales compartían madre, padre y hermano, pues ni más ni menos… Son hermanos. ¡Que no falte Sofía metiendo las patas!

Para ser sincera, se me notaba tanto la chifladura que todos los primos comenzaron a darse por enterados, en este caso era inevitable que ellos no lo hicieran también. Entre charla y charla no pasaban nada más que indirectas o comentarios zafados, todo esto no sucedió en esta semana, si no a lo largo de un año, que íbamos en días festivos o recesos. Para contextualizar mejor, recuerdo perfectamente que la segunda vez que viajé, estábamos celebrando el cumpleaños de los abuelos, fueron demasiados invitados y para no aburrirnos, jugamos a las escondidas, me moría por esconderme con cualquiera de los dos en medio de esa noche oscura y enceguecida por la neblina. A partir de ello lanzaron un comentario de que Cristiano había mencionado que las niñas más lindas de la fiesta eran Ximena (Una que vivía por allá) y yo. Obviamente no me la creía, sí reconocía claramente lo hermosa que lucía esa noche, pero no pensé que él fuese a notarlo. Con esto me comenzó a flechar cada vez más. Sin embargo, Serge no movía ni un dedo, era un chico que modulaba poco y si lo hacía era para molestarme (¿ustedes creen en eso de que cuando un chico te molesta es porque hay algo más?). Era de esos que no quebraban ni un plato, por lo cual iba perdiendo el interés con el paso del tiempo. Todo lo contrario, a Cristiano, pues era el chico malo, especial y encantador que toda mujer quisiera tener por lo menos una vez en su vida. Me gustaba tanto que cada vez que mi padrastro me enseñaba una foto familiar en la que él apareciera, siempre lloriqueaba lo suficientemente acongojada para admitirles que sí estaba rendida a sus pies.

Mi madre, sabiendo esto, cada vez que íbamos siempre estaba pendiente de mí, no dejaba que me fuera lejos o que me quedara sola con ellos (típico de una madre sobreprotectora), a pesar de ello aceptaba que estuviese enamorada de un sobrino de su futuro esposo, aun sabiendo la otra parte que más impactaba, que me gustaban dos de ellos. A lo mejor, ella sabía que todo era un juego breve, cosas de niños. Sin embargo, una y otra vez disfrutaba ir y apreciar la presencia de Cristiano.

Hasta un 10 de enero que estuvimos jugando toda la tarde, hasta tal punto de disfrutar más de lo permitido, he ahí cuando se iba armando la tercera guerra mundial, pues se nos ocurrió la idea de jugar a verdad o reto y esta señorita debía besar a Cristiano. ¡Pero yo no sabía besar! Fue ahí cuando él y una de sus primas procedieron a darme un ejemplo de cómo hacerlo. En medio de mi inocente timidez, le dije que mejor cumplía el reto de una forma más sencilla, es decir, con un beso normal o como lo llamamos en mi pueblo, un chisplus. Ellos aceptaron y así fue como por primera vez en mi vida di un chisplus. Me sentía literalmente levitando, no cabía en la ropa de la felicidad, tanto que esa noche no pude dormir. Pero… No todo es color de rosa, pues al día siguiente estuve con unos primos y su madre, habíamos entablado una conversación plenamente común. Hasta que ella me preguntó que qué había pasado la tarde anterior, realmente me espanté y lo único que pude responder fue ¿

—¿Cómo así?

A lo que ella respondió:

—¡Ay!, ¡no se haga la boba!

Me quedé aún más pasmada y entrando en razón fue cuando caí en cuenta de que había sido Thiago, su hijo, quien le había contado todo lo que sucedió la tarde anterior, ya que él estaba ahí. No sabía cómo sentirme, parecía como si el mundo se me viniese encima. Ella procedió a insistirme que tenía que contarle a mi mamá porque debía prevalecer la confianza, que igual era completamente normal a mi edad. Lo pensé y aseveré, pues de cierta manera ella tenía razón. Así que, por más pena y temor a su reacción, esa misma noche al llegar a la casa de los abuelos, debía actuar con la suficiente valentía. En medio de la comida, todo estaba muy tranquilo, aunque no podía faltar la imprudencia de alguno, en este caso fue la de Thiago, quien era presionándome para hablar con mi mamá delante de todos los que estaban en la mesa, me decía:

—Dígale pues o lo digo yo.

En un tono lo suficientemente fuerte y claro como para que mi madre lo escuchara. Así que ella inmediatamente me dijo:

—¿Decirme qué? —dijo con cara de enojo.

A lo que yo respondí con un tono nervioso:

—Ahorita le cuento.

En medio de ello, el ambiente se puso tenso, tanto que todos comenzaron a despedirse. Ahora, solo quedábamos, mi madre, su futuro esposo, sus padres y yo. Llegaba el momento de soltar la sopa, así que expresé todo como realmente sucedió.

Fue difícil, me aguanté el reproche y la sarta de palabras con un matiz áspero. Sin embargo, mi madre en el fondo sabía que era una niña, por lo cual no tenía el coraje suficiente para pasar otro tipo de límites. El tiempo transcurrió y mi amor por Cristiano se fugó por completo, pues ya no era capaz de mirarlo con los mismos ojos, mis ideales habían cambiado por completo, quería comerme el mundo y descrestarme con lo que este me deparara. Ahora te estarás preguntando… ¿Y Serge? ¿Qué pasó con él? Aguanta un poco más…

Ahora bien, Thomas es el siguiente en la lista. Aquel moreno astuto, era quien me deslumbraba completamente para aquel entonces. Éramos muy buenos amigos, en realidad siempre lo fuimos, pues su abuela vivía por mi cuadra, por lo cual iba a menudo. Recuerdo que le gustaba jugar a las Barbies conmigo, siempre escogía como personaje, al Ken más guapo (obviamente, pues uno no tenía pies y el otro estaba calvo). Pasábamos horas aventurando y de vez en cuando se nos unían otros amigos, entre esos, Jean Paul.

Nos gustaba entretenernos con lo que resultara, tanto que nos poníamos los patines para andar por la cuadra e inventarnos artimañas en estos, él con uno y yo con el otro. Nuestra conexión era lo suficientemente fuerte, pues nos entendíamos tan bien que resultábamos jugando *La voz Kids*, él como jurado y yo como concursante. ¡Dios! Era tan perfecto que me daba un "sí" para entrar a la escuela, aun sabiendo que sus oídos estaban a punto de colapsar. Así mismo, trataba de llamar su atención con mi nueva mascota, era una labradora cuyo nombre era Tini, era realmente encantadora y con ella era suficiente para tenerlo a mis pies.

Recuerdo perfectamente que cada uno de nuestros encuentros, fueron plasmados en mi diario secreto, describiendo lo bien que me sentía con su compañía y lo mucho que me moría por tener su atención, única y exclusivamente para mí. Como cualquier niña de 10 años, estaba a la espera por una vida de ensueño, aun sin saber que llevaba demasiado rápido las riendas del amor, pero no es aquí cuando me doy por enterada de ello. (Es demasiado pronto para que esta terca chica siente cabeza sobre sus acciones).

Pues bien, durante largo tiempo estuve pidiéndole peras al olmo, pues recuerdo que iba a la escuela con una compañera cuyo nombre era María, quien en su momento también gustaba de él, era toda una odisea ambas luchando por ese ingenuo corazón que, sin saberlo, no iba en la misma dirección que nosotras. Nuestro conflicto era constante, éramos dos ilusas fabricando un mundo de mentiras, tanto que así, que hacíamos concursos, los cuales consistían en dibujar su nombre y se llevaba el permio de estar con él la que mejor lo hiciera.

Pues bien, ella siempre le pedía a otra compañera de curso, Susana, (sin saber que al año siguiente sería ella quien se ganaría su corazón), que lo hiciera por ella, así quedaría muchísimo mejor, pues su creatividad quedaba plasmada hasta tal punto de que yo quisiese llorar y pensar que Thomas era inalcanzable para mí. Si no hacíamos esto, nos la pasábamos diciendo que la que se quedara en silencio la mayor parte del tiempo, conseguía ser su novia; pues bien, María siempre buscaba una excusa para que yo perdiera ello. Fue así como perdí valor e ilusiones para ir por algo que no merecía ni una mínima parte de mi importancia, pues la edad era un obstáculo y la zona de amigos también siempre lo fue.

Ahora bien, conozcan a Sebastián, el chico que en su momento tenía loca a la mitad de las niñas en el pueblo. ¿Cómo no estar loca con un chico que dominaba a la perfección el balón, que usaba la ropa más pintosa y tenía el cuerpo que toda mujer quisiera admirar desde más cerca? ¡Obviamente nos tenía al borde de la insensatez!

Lo conocí gracias a un grupo que teníamos las compañeras del salón con los chicos de otro colegio, de ahí resultaron miles de círculos amorosos y descaches, así como los míos, pues bien, este fue uno de ellos. Todo comenzó una mañana que Carlos, su primo, nos invitó a 3 de nosotras a verlo jugar un partido. Obvio no íbamos a faltar. Sin embargo, yo me quedé dormida y no pude llegar a tiempo, así que fui justo cuando el partido había finalizado, nos dispusimos a hablar y molestar.

He ahí cuando llega Sebastián y Carlos nos lo presenta. Instantáneamente quedé apasionada una vez más con un joven. Es que cómo no hacerlo cuando era carismático, tenía un sentido del humor impresionante y era lo suficientemente especial. Aparentemente, él también había quedado anonadado con mi presencia, así que compartimos nuestros números y comenzamos a hablar constantemente, hasta que una semana después conoció a Lulú, una de mis mejores amigas, inclusive la mejor compañía que a mi vida ha podido llegar. Ella, de cierta manera, rompió todos y cada uno de nuestros ideales, pues lo había conquistado con tan solo un simple contacto físico, algo que para él no fue tan sencillo como parece, pues ver fijamente a una rubia de ojos azules, fue como encontrar el paraíso.

Por consiguiente, nuestros diálogos habían cambiado en gran parte. Sin embargo, no hasta tal punto de dejarlos, dado que este galán pretendía un círculo amoroso, no solo se conformaba con apreciar más de cerca a Lulú, también quería conocerme. Me preguntaba si tan poca persona era para que no valorara únicamente mi presencia en su vida, ahí comencé a rebobinar lo que en su momento debía hacer, lo cual fue darles vía libre e irme en busca de otra persona que sí cumpliera mis expectativas al pie de la letra. Fue duro, no puedo negarlo, pues soñaba con presentárselo a mi familia, que hiciera parte de ella y, sobre todo, que hiciera parte de ese amor genuino que sentía por él. Así fue como me di al dolor, mi mejor amiga sentada en mi habitación estableciendo un lazo que quizás podría perdurar, y yo ahí, a su lado llorando por no tener conmigo su amor, un deseo correspondido.

Señoras y señores, Mauricio. Espero que recuerdes suficientemente bien este nombre. Todo se remonta a aquellas épocas en las que faltaba regularmente al colegio, gracias a mis enfermedades (no solo soy desamor, sino medio cuerpo, sufro hasta de lo inimaginable) por lo que iba a retomar lo visto en clases a la casa de mi mejor amiga, Ariana. Como bien espero que recuerdes, ella era una muchacha un poco manipuladora, disfrutaba ver cómo los demás actuaban bajo sus decisiones, esta vez me había tocado a mí, pues debía cumplir con uno de sus designios o me arriesgaría a que les enviara a todos una foto en la que me veía horrenda. ¿Tú crees que iba a permitir que me vieran sin peinar y haciendo el ridículo? Pues no, aunque ridículo debería cambiarlo por Sofía, perfecto para alguien a quien no le falta un descache, ¿no?

El caso es que esa tarde su maniobra fue que me cuadrara con su cuñado o subía la foto. Pues Ana ridículo, primero muerta que fea, así que procede a aceptar el trato. Fue así como ella y su novio Pedro (espero que lo recuerdes con exactitud) me hicieron novia de Mauricio, quien cumplía el papel de hermano, cuñado y ahora novio de la protagonista. Así es, así fue como tuve técnicamente mi primer novio, con quien nunca hablaba y mucho menos tenía la oportunidad de verlo, simplemente era novio de título y saludo, pues me enviaba mensajes con ellos. Esta situación perduró un mes, aquel en el que sucedieron aspectos desagradables, como una noche que estábamos solas en mi casa, cuando a Ariana de repente se le ocurrió la idea de invitarlos, obvio no lo permití porque mi mamá no estaba y eso era faltarle de nuevo a su confianza, así que comencé a apagar las luces. Ella por querer asomarse a la ventana, verificando si ya habían llegado, tumbó el televisor, afortunadamente no pasó a mayores, a este no le ocurrió nada y al instante ellos se fueron.

Luego, otra tarde, justo era el cumpleaños de Ariana, estábamos en su casa poniéndonos guapas para ir a comer helado con ellos. Llegamos al punto de encuentro demasiado nerviosas, sobre todo yo, que estaba a punto de ver cara a cara por primera vez al hombre que solía llamarme novia, me imaginaba un tipo de fantasía. Fuimos las primeras en llegar, a la espera de nuestros galanes, pretendiendo romper barreras y dar nuestro primer beso. (Yo que a duras penas di un chisplus). En cuestión de segundos entraron por la puerta, de inmediato lo primero que vocalicé fue: "¿ese es?" Ariana afirmó.

He ahí cuando por mi cabeza pasaron miles de cosas, ese mundo fantástico, se derrumbó al instante, su aspecto físico no era de mi agrado, pues una niña con 11 años sigue estereotipos de perfección y él no era precisamente simpático (ahora los papeles habían cambiado, era yo la ruda en el amor). Ellos prosiguieron a saludarnos y a ofrecernos un cono de helado. Mauricio insistía con frecuencia que le aceptara la invitación, mi respuesta siempre era un "no", que ya estaba a punto de irme, pues obvio estaba más aburrida que un pescado en un tetero. Él no aceptó un "no" como respuesta, así que fue a pedir uno (recuerdo perfectamente que su sabor era vainilla chips, mi favorito). Se lo recibí y le di las gracias. Procedí a comerlo y por un segundo que me distraje a conversar, un segundo que iba a costarme una vida de vergüenza, pues este delicioso y negado cono se cayó.

No sabía dónde meterme ni qué reacción tener de lo avergonzada que estaba, ya que no lo había hecho con gusto y así se notó luego de decir tantas veces que no quería. Mauricio con su carita destruida, se dignó a recogerlo con una servilleta, mientras yo me disculpaba. Inmediatamente me sentí incómoda, me despedí y fingí que mi madre me estaba llamando. Así fue como salí corriendo por todo el parque, lo único que se pasaba por mi cabeza en esta tarde oscura era reprocharme cómo pude haberme dejado convencer así de Ariana para luego hacer el ridículo, prefería haberlo hecho desde un principio con la foto.

Solo pensaba en ello y en el estrés que me acongojaba, pues al día siguiente teníamos parcial de matemáticas y sabía que no sería fácil disponerme a estudiar después de lo sucedido. Apenas llegué a casa, le escribí así a Pedro: *"Dígale, por favor, a su hermano que terminamos"*. Al día siguiente los reproches de parte de Ariana fueron demasiados, pero no fue de mi importancia, pues aprendí a jamás intercambiar mi tranquilidad por el disfrute del otro.

A continuación, Dylan. Todo comienza aquel Halloween de 2015. Estaba en la casa de Ariana ayudándole a repartir dulces ya que sus padres tenían una distribuidora. Así que nos dispusimos a dispensarle ello a cada uno de los infantes que pasaban con su llamativo disfraz, pues esto se convirtió en una tradición en mi pueblo. En medio de todo este trajín, vimos en la otra acera, el rastro de un chico cuyos ojos eran verdes, llevaba camisa blanca y jeans negros, iba acompañado de un amigo cuya máscara era lo suficientemente espantosa, afortunadamente mientras pasaban iba retirándosela, fue ahí cuando reconocí quién era. No siendo más, a Sofía la han cautivado, como sucede reiteradamente.

Como fieles agentes del FBI, nos dispusimos a encontrarlo en redes, pues ya sabíamos quién era aquel muchacho con el que iba, así que sí o sí, debía estar dentro de su lista de amigos o por lo menos, en una de sus fotos tener una reacción o comentario de este sensacional y anónimo personaje. En consecuencia, a nuestros esfuerzos durante todo este fin de semana, Ariana se llevó el premio mayor dando con su perfil, actué de manera inmediata, pues revisé cada uno de los detalles que hacían parte de su muro de Facebook. Me sentía plena, con un objetivo cumplido, pero con otros dos aún sin realizarse, pues el segundo, que mi solicitud fuese aceptada y el último, que diera respuesta a mi primer mensaje.

De cabeza y sin casco, oprimí ese "Añadir a tu lista de amigos" y al día siguiente oficialmente ya lo éramos o, al menos, yo pretendía ser algo más que eso, adelantada como siempre. Di el primer paso diciendo *"Hola",* él por su parte respondió y la conversación fluyó, tomando en cuenta que hablábamos poco, puesto que él no tenía celular y se conectaba rara vez desde el computador de su casa. Sin embargo, yo no sabía que nos encontrábamos a pocos metros una casa de la otra, pues sí. Resulta que días después, una amiga cumplió años y fuimos todos a acompañarla, el lugar de encuentro fue palmas (allí sale toda la gente en mi pueblo, hay restaurantes y bares).

Entre sus amigos más cercanos, estaba Samanta, una chica simpática, con la cual me entendí bastante bien, hasta tal punto de tocar temas serios, como quién nos gustaba, pues yo ya había entrado en confianza y no vi problema en contarle a quién o qué me traía entre manos. En efecto, Samanta me cuenta que estoy hablando de su mejor amigo.

Así es, Dylan era su mejor amigo, vivía por su casa, la cual quedaba una cuadra atrás de la mía, 10 pasos como máximo. No se imaginan cuánta emoción recorría mi cuerpo en ese momento. Dios, me sentía tan feliz, veía muchas oportunidades de conocerlo mejor, ya que había entablado una buena relación con Samanta, quien podría echarme la mano. Días después, nuestras conversaciones avanzaban en contenido, es decir, tratábamos temas de mayor interés, por ejemplo, sobre nuestras vidas más a fondo.

Fue en esta semana, que Samanta me invitó a su casa a conversar, ella me dijo que iba a invitarlo para que nos viéramos frente a frente y pusiéramos a prueba qué tanto fluía nuestra conversación. Pues bien, me dispuse a ir con el mejor look y, sobre todo, con las mejores expectativas, funcionó. Realmente lo hipnotizó mi dialecto, postura y belleza (de vez en cuando debe haber un poco de ego). Aquella tarde charlamos, nos reímos (su prima de 8 años le hizo contar la historia de cuando un espagueti se le fue por la nariz) y disfrutamos de la mutua compañía. Fue realmente complaciente ver esos ojos zarcos con menos distancia.

El tiempo transcurría y nuestro amor aumentaba, hasta el 3 de diciembre que me encontraba jugando al escondidijo con los de mi cuadra y de un momento a otro llegaron preguntando por mí, alguien me necesitaba, podrás imaginarte cuán inquieta estaba, lo primero que se me ocurrió fue recurrir a la vieja confiable:

—Digan que no estoy.

Sin embargo, fue en vano, pues ellos sabían que sí estaba. Ahora bien, eran Dylan y su amigo, no podía esconderme más porque de cierta manera me daba vergüenza, así que salí a dar la cara. Estaban allí porque él quería preguntarme algo importante (ya te imaginarás qué) y tenía demasiada pena, tanto que no era capaz de mirarme, ahí estaban todos mis amigos esperando la pregunta, puesto que ya sabían lo que sucedería. Luego de una hora esperando a que se tranquilizara, me pregunto que si quería ser su novia. Obviamente dije que sí. Apenas di mi respuesta, él se despidió, no hubo un abrazo o un beso, aunque fuera en la mejilla, por lo que todos empezaron a chistar que era muy poco hombre. Realmente, hice caso omiso a cada uno de estos comentarios, estaba demasiado emocionada y no iba a permitir que nadie me arruinara el momento que durante años esperé, tener mi primer novio en serio.

Inmediatamente llegué a casa, le escribí a todas y cada una de mis amigas relatándoles con pelos y señales lo que ocurrió, ellas estaban más contentas que yo, no se la creían, especialmente Samanta que conocía de A a Z lo que sentía por Dylan. A partir de ahí, todo fue perfecto, pues cada mañana me daba los buenos días con lindas palabras, al fin un galán especial y correspondido; sin embargo, no todo es color de rosa, pues fue solo cuestión de semanas para que Dylan se esfumara, como si la tierra se lo hubiese tragado. No respondía a mis mensajes, no lo veía por su casa y nadie me daba razón de él, ni siquiera Samanta que era tan cercana. Supuse que estaba de viaje donde su padre, pero no, al cabo de 3 días me di cuenta de que ya no éramos nada, gracias a una carta que le envié con Ariana que se había trasladado de escuela, en este caso, la misma de él.

Ella me cuenta que luego de leerla, la arrugó y la pisó para tirarla al bote. Simplemente sucedió, nunca conocí sus razones, pero en su momento sí llegué a sospechar que todo se debió a los mensajes constantes que recibía de parte de un compañero de su curso. Quizás… ¿Una historia para contar luego como todas y cada una de las que hacen falta? En consecuencia… CONTINUARÁ.

La condena del anillo

Por Andrés Esteban Torres Hernández

Por años los hombres han buscado el sentido de la vida, se persigue usualmente el dinero, el poder, el respeto, la virtud y la gloria, se cree que así conseguiremos la eternidad bienaventurada. Pero al desear eternidad nos olvidamos de lo que es la verdadera felicidad, pues una eternidad vacía se convertiría en una condena y no en un don. Yo era una de esas personas que creyó que el poder era suficiente para dar sentido a mi vida, pero cuando conseguí poder tuve la suerte de encontrar algo más, algo que guio mis pasos y le dio un propósito a mi poder.

Pasé años escarbando en los vestigios de otros tiempos, ruinas de imperios caídos, secretos de ciudades doradas, pude ver cómo el tiempo lo consumía todo y podía convertir incluso la gloria de la ciudad esmeralda en un bulevar de sueños rotos. Crucé junglas, exploré tumbas, vendí reliquias, dejé marcas aquí y allá, pero uno de mis viajes me llevó a una ciudad sumergida en la arena, y el tesoro que esperaba encontrar era el anillo de un viejo emperador. Me contaron historias sobre ese anillo, era un objeto que magnificaba las capacidades de cualquier hombre, me prometieron que quien portaba el anillo sería recordado por siempre y que nadie podría ignorar su voluntad, quien llevaba el anillo era casi un dios.

Desde que era una niña mi sueño fue precisamente ese, me cansé de no ser tomada en serio, para algunos fui solo un adorno, para otros una herramienta, por ello establecí una regla en mi vida: confía en ti misma y nunca tendrás que confiar en otros, nunca tendría que someterme más. Mi familia se preocupaba más por su reputación que por mis aspiraciones, a los que consideré amigos solo me buscaban para conseguir favores o alianzas, así que en cuanto pude dejé mi isla natal y grité que jamás regresaría, grité que algún día mi historia se escucharía. Me volví una cazadora, pero aún dentro de los gremios de mercantes y mercenarios parecía que era menospreciada, tuve que probar mi fuerza tanto con la astucia como con la espada. Por años fui independiente mientras reunía la riqueza suficiente para hacer mi propia asociación, además, debía forjarme una reputación.

Lo único que tenía era un libro viejo e incompleto donde se relataban los poderes del anillo, pero también sus peligros, solo una persona de mente fuerte podría dominarlo, esperaba tener lo necesario para lograrlo. Seguí rastros por meses, me alejé de las islas del este hasta que llegué al último puerto, allí el paisaje se convertía en tierra árida. Frecuenté cantinas y bazares clandestinos, y finalmente conseguí lo que necesitaba. Entre rumores de viajeros errantes y registros de cartógrafos aventureros encontré el camino hacia la que se creía que era la tumba del último hombre que tuvo el anillo de poder. Se trataba de una ciudad en ruinas bajo las dunas, no parecía la capital de un imperio.

El viaje fue bastante peligroso, cuando llegué allá me di cuenta de que la arquitectura se fusionaba con las rocas y creaba siluetas de vidas pasadas. También había murales de grandes victorias, templos, y en el nexo de las cuevas estaba el salón del concilio de ancianos junto a lo que creí que era el santuario del emperador. Tras atravesar algunos salones ostentosos me topé con una biblioteca enorme, y en su centro estaba el anillo, todavía en la mano de su antiguo dueño, aunque ahora era solo polvo y huesos. Lo había logrado, pero había algo siniestro en ese lugar que me llevó a esperar antes de ponerme el anillo y probar su poder.

La salida del lugar fue un poco más sencilla, pero el desierto era traicionero en la noche, por lo que decidí acampar en las cuevas antes de empezar mi viaje de vuelta al puerto. Esperaba iniciar mi gremio extrayendo las reliquias y los secretos de la ciudad enterrada, obviamente confiaba en que el poder del anillo me haría invencible y así podría evitarme traiciones y ganar lealtades.

Mi plan parecía perfecto, solo me faltaba aprender a controlar el anillo, sabía que podría ser adictivo y no quería acabar como el emperador enterrado, así que mi idea era usarlo por pequeños periodos de tiempo, solo cuando fuera necesario, de esa forma no sucumbiría a lo que los libros describían como una voz controladora que venía de la joya. Sonaba fácil, pero cuando intenté dormir sentí susurros, al principio creí que era el viento, luego noté que no venían del exterior de la cueva, tampoco de los oscuros recovecos, sino de mi propia mochila. Era una voz dulce que poco a poco tomó el control como una serpiente hipnótica y me llevó a ponerme ese viejo anillo.

Al entrar en contacto con mi piel la joya cambió de color e, incluso, de forma, de sólido pasó a líquido, luego volvió a ganar rigidez y se adhirió a mi dedo. Al despertar no podía quitarme el anillo y apareció de nuevo la voz, aunque esta vez con una imagen tan vívida como mi reflejo. Lo que vi fue a una persona que se sentó junto a mí, su mirada era críptica, parecía tan maliciosa como compasiva, era un joven genio tan poeta como guerrero. Él sabía mis intenciones, de alguna forma inspeccionó mi alma, mi cuerpo y mi mente, me ofreció riqueza y dones dignos de dioses extintos, talentos arcanos, todo lo que deseara para saciar mis ambiciones, la única condición era que no podía quitarme el anillo. Ante semejante oferta mi cuerpo se estremeció, no era lo que planeaba, pues ya había sido advertida del riesgo de mantener esa cosa en la mano todo el tiempo. Aunque desconfiaba, este ente me habló casi como un amigo, ya me conocía, ya me entendía, veía mi potencial y tenía los medios para hacerlo más grande, así que decidí permitir que su voz siguiera dentro de mí y que me ayudara con mis planes. Juró que vivía para servir a un amo, con el tiempo me di cuenta de que mentía.

Por un buen tiempo el trato iba bien, el genio se fusionó tanto conmigo que llegué a considerarlo la única persona de fiar que tenía, un buen amigo más que solo un aliado fuerte, incluso podíamos hablar de cosas distintas a mis planes, era relajante reír y sentir que alguien compartía mis objetivos. Sin embargo, su poder era impactante, a través de mi mirada y de mi voz podía hipnotizar a quien fuese, sometía la voluntad del valiente y del necio por igual, yo solo debía pedir y quienes me escucharan obedecerían alegremente a mis deseos, incluso si eso ponía en riesgo sus vidas. Poco a poco mi sueño se cumplió, hubo algunos que se unieron a mi organización por respeto, por confianza, por admiración, o por fines de lucro, y los que se resistieron a mi ascenso entre los mercantes y cazadores tuvieron que sucumbir a mi nuevo poder; fui temida y respetada.

Creí que todo marchaba bien, creí que había logrado equilibrar las pulsiones del anillo y mis propios deseos, pero con el tiempo mi buen amigo mágico se volvió inestable, comencé a tener lapsos de pérdida de memoria. El genio se apoderó de mi cuerpo cuando yo me descuidaba, robaba mi nombre, daba órdenes en mi lugar, se volvió un coleccionista de objetos muy extraños muy viejos, pergaminos, tablillas, amuletos, reliquias con mensajes que yo apenas alcanzaba a comprender. Al principio fue muy sutil, despertaba un día y encontraba nuevas cosas en mi guarida, nuevos libros en mi biblioteca, nuevos mapas en mi pared, pero entre más pasaba el tiempo los lapsos de inconsciencia se prolongaron, a tal punto que un día desperté en el camarote de un navío que viajaba hacia el mar abierto. Al parecer habían pasado semanas desde que yo había tenido control de mi cuerpo, vi garabatos en los mapas y libros abiertos, el genio estaba buscando algo y yo podía sentir que estaba desesperado.

Ya no era tolerable, había traicionado mi confianza y había roto su promesa, con gran furia intenté quitarme el anillo, pero él era demasiado fuerte, no me lo permitió, ya no me hablaba, pero sentía su ira. Tras una larga lucha contra mí misma logré desprenderlo de mi dedo y empecé a leer sus anotaciones, quería saber a dónde me llevaba y a qué propósito servía realmente. Según retazos de mapas estábamos yendo las aguas del mar del sur que estaban más allá de los bordes conocidos por mi gente, pero los puntos que marcó nos llevaban a un lugar en el cual no había tierra, de esa ubicación solo se relataba densa niebla y tormentas. Al menos eso creía yo, según su investigación esa zona tenía también un conjunto de islas y fosas que alguna vez fueron la base de una ciudad que reunía a los humanos y sus deidades, y, además, era una construcción gemela a la que encontré entre las dunas.

Pronto descubrí algo peculiar, uno de sus libros recopilaba diarios de los viejos portadores del anillo, solo tres hombres lo habían usado y todos narraban una historia con algo en común. El supuesto genio les había ayudado en sus mayores hazañas, pero al final siempre los llevaba a obsesionarse con explorar el mar, aunque, según las historias, ninguno de ellos vio su rostro, solo oían una voz, una pulsión. Las historias de estos reyes acababan con una muerte a manos de otro que deseaba el anillo o encerrados en cónclaves que los debían proteger de la locura que les inspiraba el genio. El último en ostentar sus dones, aquel esqueleto que encontré entre las dunas, había perdido su voluntad hace ya mucho tiempo antes de su muerte, su imperio estaba lejos en tierras áridas, pero el genio lo condujo hasta la ciudad enterrada en busca de trozos de mapas como los que ahora me rodeaban; el genio no encontró lo que buscaba entre las ruinas cubiertas de arena y su estallido de furia acabó por destruir la mente del viejo hombre que usaba de marioneta, por lo que acabó muerto entre sabiduría antigua sin ningún acompañante que reclamara el anillo, así que el genio se quedó estancado y fue incapaz de seguir con sus viajes. Al parecer, finalmente conmigo obtuvo los conocimientos necesarios y la libertad para culminar sus esfuerzos, gracias a mi gremio de contrabandistas y piratas logró encontrar todo lo que le hacía falta para hacer él mismo el viaje a ese lugar misterioso entre las olas.

Yo estaba aterrada, empecé a sacar algunas conclusiones y no tardé en tomar una copa para beber un poco de vino y calmar mi ansiedad tras tales revelaciones. En primer lugar, la ciudad que encontré en el desierto era una mezcla de culturas, incluso algunas que no eran humanas, así que valía más de lo que yo imaginé en un primer momento; en segundo lugar, este genio no era solo un espíritu sumiso, de alguna forma era el alma de un viviente terco que ahora tenía inmortalidad a través del anillo. Finalmente me surgió una pregunta: ¿por qué yo vi su cara? Según las historias él era una voz sin rostro, pero yo incluso vi una proyección de su cuerpo, además, lo describían más como una pulsión que como una voz conversadora, pero lo que me hizo confiar más en él fue la forma en la que se sentía humano, se sentía amistoso.

Independientemente de ese aparente afecto que le desarrollé, ahora sabía que me estaba usando como marioneta, debía entonces decidir qué hacer. Tal vez lo mejor sería destruir el anillo antes de que me quitara mi independencia, después de todo ya había logrado lo que deseaba y podría mantener mi pequeño imperio mercante sin el genio, pero como de todas formas ya estaba en la mitad del mar, y como no quería salir y quedar como una loca en frente de mi gente, decidí indagar, interrogar al genio y saber qué era lo que ocultaba.

Me volví a poner el anillo en el dedo, pero tomé un cuchillo y estaba dispuesta a cortarlo en caso de que el genio intentara tomar mi mente y evitar que me deshiciera de él. En realidad, esperaba verlo como un espíritu iracundo por haber interferido en sus planes, pero cuando se proyectó su imagen ante mí noté que tenía miedo. Me habló con elocuencia y preocupación a la vez, me pidió que no intentara destruir el anillo ni que lo dejara abandonado. Cuando le pregunté por qué estaba haciendo todo esto, me respondió: "Tú me agradaste porque eres muy parecida a mí, pero también te pareces tanto a ella, osada y determinada", entonces comenzó a contarme su historia.

En una era pasada de la que quedan muy pocos registros, este joven pertenecía a una generación de dioses, todos eran tan ambiciosos como poderosos. Eran conocidos por vivir siendo alabados por los humanos a quienes consideraban inferiores, los deslumbraban con trucos maravillosos, jugaban con ellos para alimentar sus costumbres megalómanas. Aunque no todo era malo, pues, según me dijo, su gran poder tenía el propósito de mantener el equilibrio natural y permitir la vida de todos en el mundo.

Por su parte, él no era de los dioses más reconocidos, pero sí de los más poderosos, era conocido por influir la voluntad de las personas y cambiar sus prioridades, a partir de seducir, de persuadir, de enamorar o unir, podía manejar la balanza de las guerras y apaciguar los intentos de rebelión de los humanos. Por mucho tiempo pasó su vida como un hedonista, podía estar con quien quisiera usando su poder, y aun sin usarlo era acosado y amado para cumplir los favores de otros que lo necesitaban, pero entonces apareció ella. Se enamoró de una diosa perdidamente, pudo haber usado su poder para persuadirla de estar a su lado, pero su voluntad era demasiado fuerte, además, cuando empezó a hablar con ella sintió algo que no había experimentado jamás: un interés recíproco no por sus favores, no por sus poderes, sino por su ser.

Juntos se volvieron la envidia de los dioses, les irritaba ver que ellos tenían una felicidad que ya no necesitaba de alabanzas ni sacrificios. Al amarse el uno al otro se volvieron libres de las opiniones de sus pares y también empezaron a esparcir ese deseo de buscar la plenitud a los humanos que les observaban. Para los dioses eso era inconcebible, si los humanos descubrían que podían encontrar plenitud a través de la complementariedad de los amantes dejarían de sentirse dependientes de los dioses y podrían dejar de adorarlos. El joven era el dios de la unión, pero también había entonces su opuesto, la diosa de la discordia que se divertía causando tensiones y separando hasta las más cohesionadas aleaciones. Los dioses encargaron a este personaje que pusiera fin a la relación de los amantes para salvaguardar su poderío, y así lo hizo.

La diosa de la discordia buscó al joven y lo convenció de que sentía una inmensa alegría por verlo feliz, le propuso que era el momento de que él y su amada hicieran una ceremonia que sellara su amor para que ninguna fuerza en el universo pudiera separarlos; el joven dios aceptó alegre y comenzó los preparativos. La diosa de la discordia reunió entonces a herreros y hechiceros para forjar un regalo de bodas, dos anillos metamórficos que se acomodarían al carácter de sus portadores, cuando estaban en uso quienes los llevaran puestos podrían sentir mutuamente sus latidos y su presencia. Sin embargo, tenían un truco: el metal metamórfico se alimentaria del cuerpo del primer ser que lo tocara para activar su magia, usaría esa energía para activarse como una bóveda para su alma, más bien como una prisión.

El momento de la celebración llegó, los jóvenes amantes estaban felices de que tantos dioses apoyaran su amor, tenían la esperanza de que ellos también pudieran encontrar a ese ser que los llevaría a la eternidad más placentera que se pudieran imaginar; también los humanos observaban desde sus ciudades concurridas a la expectativa de qué nuevas enseñanzas podrían entregarles esos dos amantes. Pero como era de esperarse, la felicidad fue efímera, pues al ponerse los anillos y jurar acompañarse hasta el final de los tiempos sus cuerpos se empezaron a desvanecer. En medio del pánico ambos intentaron darse un último abrazo, sin embargo, no tuvieron suficiente tiempo; su deseo de eternidad se convirtió en un último instante de desespero, ahora la inmortalidad que poseían sería su condena dentro de los anillos. La tortura del anillo era inigualable, una mente sin cuerpo que solo podía desear sin concretar, que tenía todo el poder posible, pero no los medios para usarlo, las paredes de cristal y metal hacían rebotar los pensamientos en un eco desolador que necesitaba de un cuerpo ajeno para tener un soplo de libertad en el mundo sensible.

Los dioses dieron un mensaje al mundo: el amor era el camino a la desgracia, la avaricia era más lucrativa, la devoción debía ser solo a los seres divinos. Claro que los humanos no aceptaron esto del todo y su reacción fue irreverente, estallaron guerras para vengar a los amantes y también reaccionaron aquellos que eran más fanáticos de sus deidades. Ante esa transgresión los dioses también tomaron partido, unos se enfrentaron a otros al cuestionar lo que había sucedido. La era de los dioses llegó a su fin por su propia envidia y avaricia, murieron por sus propios poderes, su arrogancia los volvió débiles, y ni en sus últimos días pudieron seguir disfrutando de las alabanzas humanas que tanto codiciaban. Tras la caída de los dioses, los hombres se sintieron desamparados, los carroñeros tomaron los más grandes tesoros de esas deidades. El comercio se volvió el mejor modo de vida y el oro se volvió el mejor objeto de alabanza; la ilusión de riqueza intentó reemplazar el amor que los humanos no pudieron aprender sin la benevolente guía que les fue arrebatada.

Unos pocos cultos recordaron a los dos dioses amantes a través de varias generaciones, de hecho, encontraron los anillos que contenían sus esencias e intentaron liberarlos, se dice que algunos concilios de sabios habían encontrado una forma de romper la prisión de los anillos, pero las guerras humanas y la constante amenaza de conquistas y saqueos acabaron desperdigando esos conocimientos. Algunos de los sabios lograron salvaguardar los anillos, pero fueron separados, uno acabó en las islas del lejano sur, otro en el desierto del este, ambos fueron guardados en templos que se construyeron de forma simétrica imitando las estructuras diseñadas por las ahora extintas deidades. Los sabios mantenían comunicación entre las ciudades gemelas esperando el momento de reunir las reliquias y liberar a los dioses, pero con las subsecuentes catástrofes y los conflictos que les siguieron, las ciudades erigidas en honor de los amantes cayeron. Los sabios de aquellos cultos se extinguieron, comenzó una era de imperios, la era del hombre al que no le importaba lo místico y lo divino, los templos se profanaron y el anillo se convirtió en el deseo de los tiranos.

Este joven no era un genio, era un dios y no estaba destinado a servir a nadie, solo quería recuperar su libertad, pero más importante aún, quería encontrar el anillo que contenía a su amada. A través de la historia sus súplicas por ayuda fueron ignoradas, por ello usó su astucia para convencer a sus portadores de servirse de su poder, mientras poco a poco los usaba para cumplir sus propios propósitos. Antes de mí, despreció a sus portadores, pero al parecer al sincronizarse con mi alma encontró algo especial… me dijo que por primera vez había encontrado a alguien que no necesitaba de su poder para lograr sus fines, me dijo que mi carácter me hacía menos susceptible a su influjo y menos necesitada de su inspiración; en alguna medida, él también me tenía aprecio, la confianza que yo sentía trabajando con su esencia no era algo fingido, pero me pidió que entendiera que no podía detener su búsqueda y que temía que me negara a ayudarlo y que mi lado egoísta decidiera alejarlo de su cruzada.

No estaba viendo a un demonio, tampoco a un genio maligno… bueno, no del todo maligno. Fue un momento tenso para ambos, pero supongo que al final apeló a mi lado humano, en nombre del tiempo que pasamos juntos y la amistad que forjamos lo ayudaría a encontrar a su amada. Por primera vez sentía que había encontrado un amigo por el cual merecía la pena morir, y con eso me refiero más bien a qué por él merecía la pena vivir, pues yo en alguna medida admiraba y envidiaba su ímpetu al perseguir aquello que más amaba y que no podía ser superado por ninguna clase de riqueza o tesoro. Salí del camarote y mantuve el curso.

Tras varios días navegando nos topamos con las primeras islas, eran rocas escarpadas que apenas mantenían una especie de estructura incrustada, algunas tenían anillos, otras pilares, le daban a la tripulación una sensación de insignificancia y temor. El genio miraba a través de mis ojos y podía sentir en él una sensación de nostalgia mezclada con ira al recordar cómo era el mundo en el tiempo de los dioses, después de todo esos dioses fueron los que lo apuñalaron por la espalda, tenía sentido que deseara que sus obras fueran destruidas y olvidadas. En tan solo algunos días pude ver ante mis ojos miles de años de historia, no solo la que estaba grabada en la roca, sino los constantes lapsos retrospectivos que se proyectaban del anillo entre más nos adentrábamos en la niebla.

Me preguntaba cuándo encontraríamos un indicio más concreto hacia la ciudad sumergida en la que encontraríamos las cámaras que protegían el segundo anillo, llegué incluso a dudar que fuera el lugar correcto, pero cuando estaba por perder mis esperanzas empecé a sentir algo; era cierto lo que me había contado el genio, los anillos de la diosa de la discordia permitían sentir los latidos de ambos amantes. Me estremeció como el sonido de un tambor, una vibración sin igual me hacía sentir enérgica, feliz, viva, era el latido de un alma condenada a la eterna soledad en el otro anillo. Usamos esa conexión como brújula, entre más se intensificaba el genio se volvía impaciente y yo, poseída por una emoción ajena a mí, solo podía actuar en sincronía con esa impaciencia, entonces ordené la marcha a toda vela hacia el rincón donde la bruma cegaba totalmente los ojos de los navegantes. Pero temí que el barco quedara encallado, que chocara o, incluso, que alguna criatura pudiera estar acechando entre la niebla, por ello decidí bajar las velas y seguir en bote entre las láminas de piedra que formaban un umbral quebrado.

A medida que avanzábamos encontramos vestigios de un camino y tras horas de descender entre lo que se sentía como una tumba olvidada llegamos a la cámara del concilio de los ancianos. Los latidos se sentían frenéticos, había una fuerza jalando el anillo, el genio ya no pensaba con claridad; cuando encontramos la bóveda donde debería estar su amada él se lanzó sin pensar dos veces... Me lanzó sin pensar dos veces... Pero cuando intentamos acercarnos algo repelió nuestro avance. Descubrimos otro de los trucos de la diosa de la discordia, otro cruel truco, la magia del metal no permitía a un cuerpo humano portar ambos anillos al mismo tiempo, de esa forma los amantes no podrían reencontrarse usando otra mente y otro cuerpo como su puente.

Mi cabeza estaba más llena de ruido que nunca, su furia era incomparable, su desesperación, empecé a ver de nuevo su proyección a mi lado moviéndose de un lado a otro, balbuceando, maldiciendo. Toda la búsqueda habría sido en vano si no había una manera de que pudiera contactarse con ella una vez más, ahora que estaba tan cerca de lo que anheló por siglos y a la vez tan lejos. No importó las veces que me lanzara para agarrar el segundo anillo, lo único que conseguía era dolor para ambos, la voluntad en este caso no era suficiente. Finalmente agotó mi paciencia y no le permití seguir forzándome a intentar ponerme el otro anillo, ya cansada le dije que debíamos pensar una solución distinta, pero que al menos podríamos llevarnos ese anillo prisión de su amada y mantenerlo en un lugar seguro y cercano.

Hablé con mucha determinación en ese momento, mis palabras sonaban sensatas, pero no lo eran del todo. Desconocía los alcances de la magia, en realidad, no tenía idea de cómo reunirlos. Establecí un pequeño puesto de avanzada entre las ruinas de la ciudad sumergida y envié un halcón mensajero al resto de mi gremio para expandir nuestras operaciones vía marítima al sur usando este lugar como guarida. Mientras que eso sucedía exploré cada cripta, cada salón y cada biblioteca; los cultistas habían estudiado los anillos por años, brujos, alquimistas, los maestros de los talentos arcanos habían registrado sus avances en tablillas y murales, si en algún lugar estaba la respuesta para liberarlos era en esa ciudad.

Pasó más tiempo del que esperaba, ya estaba cansada de interpretar viejas escrituras, pero el esfuerzo rindió frutos. La respuesta estaba en el mismísimo santuario de la diosa de la discordia, allí encontré una aterradora estatua de su figura, era sin duda hermosa, pero también intimidante, sentía que me observaba. En la estatua había una inscripción que traducía: "Lo que es destrucción para el mundo que fue es un nacimiento para el mundo que será, a partir de fragmentos el futuro se construirá". Entonces tuve una idea: debía destruir ambos anillos y reforjarlos en una nueva unidad que permitiese que las dos almas contenidas fluyeran en armonía y no chocaran como los aros separados en los que la terrible diosa los convirtió. Los textos antiguos respaldaban mi idea, los sabios habían propuesto fundir los anillos cuando notaron que sus intentos de liberar las almas que contenían no eran prometedores; para ello habían reunido los elementos de los dioses herreros, las únicas herramientas capaces de moldear metal metamórfico encantado.

Le conté la idea a genio y sin duda comprendió que era arriesgado, no estábamos contemplando la posibilidad de que al romper el anillo el alma que contenía quedase dañada, podría representar la muerte de ambos. Sin embargo, él fue enfático cuando afirmó que perecer finalmente en un intento de recuperar a su amada era mejor que seguir viviendo una eternidad en soledad y siendo el objeto de deseo de hombres codiciosos. Pero antes de poner en marcha el plan me pidió que me quitara el anillo y me pusiera la joya en la que su amada estaba contenida. Debía hacerlo rápido, mi mente podría colapsar por albergar tantas presencias ajenas, además, debía ser fuerte para que ella no intentara hacer lo mismo que el genio hizo cuando lo conocí, controlarme y huir.

Me puse el otro anillo y lo que sentí fue algo muy distinto a lo que estaba acostumbrada, se sentía una presencia pacífica a mi alrededor, pero cuando pude verla frente a mis ojos se veía agotada y desgastada, reflejaba la misma ira que su amante, pero de cierta forma ya resignada. Cuando le conté lo que estaba sucediendo su euforia no tuvo comparación, después de siglos de esperar y de pensar en una solución había llegado el momento de hacer una apuesta final en nombre del amor, la vida y la libertad; ambos estuvieron de acuerdo en que de nada sirve la eternidad si esta se te entrega solitaria y encadenada.

Entre las islas cercanas se encontraba la fragua divina que los cultistas prepararon para sus rituales. Me dirigí allá con mis más confiables capitanes, algunos vigilaron la entrada, otros encendieron las forjas, y todos juraron no decir jamás ni una palabra de lo que estábamos haciendo allí. Pero, aunque fueran de mi entera confianza, sabía que el deseo de poder corrompe hasta a los más virtuosos hombres, así que le pedí al genio que usará sus trucos para hacerles una advertencia que no olvidarían y que a nadie se le ocurriera volver a este lugar a utilizar a los amantes para su propio beneficio.

Cuando las forjas estuvieron calientes y el lugar estaba cubierto de humo, el genio se proyectó en las mentes de todos mis hombres por algunos breves momentos, pero no mostró su forma antropomorfa y amable, se presentó como una criatura del inframundo, ahora que tenía su atención les dijo que estaban presenciando un rito arcano de liberación y que si alguien revelaba la naturaleza de la situación quedaría maldito y todo su linaje sería perseguido por la desgracia. Después de que los términos estuvieron claros, situé los anillos en un crisol y me preparé para fundirlos.

Había llegado el momento de despedirme del genio, manipuladora criatura, pero sin duda un buen amigo. Su poder me había ayudado a conseguir lo que siempre había deseado, a explotar mis capacidades y vencer a quienes quisieron sacar provecho de mí y a quienes se burlaron de mis sueños de grandeza, era tiempo de devolver el favor. Antes de irse el genio se proyectó de nuevo ante mis ojos y me agradeció, me dijo que me dejaría un último regalo, no como pago por una deuda, sino como un recuerdo para la única persona que fue más allá de sus ambiciones para seguirlo en su cruzada. En mi mano dejó marcado un glifo y me dijo que se trataba de la marca del vidente.

Los oráculos de antaño entrenaban por años para conseguir este don, si bien no controlaba mentes como llegué a hacerlo con el anillo puesto, esta marca permitía una percepción superior del contacto con el entorno y con otros seres, me permitiría prever situaciones de riesgo, cuidar mi espalda y clarificar los mensajes de mi corazón. El genio y yo pasamos mucho tiempo juntos, compartimos una cabeza, un cuerpo, una meta, así que su último deseo fue cuidarme ahora que estaría por mi cuenta una vez más.

El metal comenzó a derretirse cuando la temperatura aumentó, entre las flamas se veían coloridos destellos, como un prisma que difraccionaba luz haciendo un arcoíris de recuerdos y sentimientos apenas comprensibles a la vista, pero que se percibían con otro tipo de sensibilidad. El espectáculo de luces acabó y entonces pude verter el metal fundido en el molde que le daría su nueva forma, por desgracia sería una nueva prisión para estas dos almas, pero ideé una manera de que fuera una prisión más cómoda y espaciosa.

Los anillos permitían a sus prisioneros tomar control del cuerpo que llevara la joya puesta, es decir, era necesario un ser viviente para que el genio gozara de cierto grado de libertad, por lo cual ahora, estando los dos en un solo objeto, no podrían tomar un cuerpo humano y compartirlo, pero sí podrían tomar control de una red de seres vivientes y seguir gozando de este mundo a través de ellos. ¿Que a qué me refiero con una red de seres? Al más grande conjunto vivo que existe: el ambiente mismo, las plantas, las algas, las raíces, todo lo que se entrelaza y cubre el mundo con verde vibrante, todo lo que regula la vida. De esa manera ellos también podrían seguir con la tarea de los antiguos dioses de asegurar el equilibrio en el flujo de la energía a través de los vivientes, pero sin intervenir en los asuntos materialistas humanos.

Lo que forjé con los anillos fue una flor metálica, para algunos era un cetro, pero mi intención era que jamás fuese usada como arma o accesorio; puse la flor en los jardines centrales de la ciudad sumergida, justo en el centro, donde se encontraba la convergencia de las plantas que se esparcían entre las ruinas hasta las cavernas, luego al lecho marino y a la superficie de las islas.

Los dos amantes siguieron viviendo su eternidad juntos, se volvieron los reyes ocultos de la zona insular donde se encontraba la ciudad secreta. Por mi parte, me encargué de alejar a los fisgones de los jardines a la vez que dirigía a mis comerciantes y mercenarios hacia nuevas tierras, destruí la fragua y los textos que hacían referencia a su existencia, de ahora en adelante, los humanos tendríamos que aprender a vivir por nuestros propios medios. Aun hoy sigo yendo con frecuencia a pasear a los jardines y si pongo atención puedo oírlos, si me siento entre las hojas y las lianas incluso llego a verlos; están en el agua, en la brisa, su amor cubre el lugar e irradia todo con armonía y paz. Seguimos contando historias sobre el mundo que era y el que será.

Estos dos amantes se volvieron mis amigos, me enseñaron que aún si viajaba sola jamás lo estaría realmente, alguien que me tenía afecto se encargaría de cuidar mi camino y fortalecer mis pasos. Sobre ellos es mucho lo que podría decir, me enseñaron un camino de equilibrio entre la ambición y la felicidad, y en el momento en el que también llegué a amar a alguien solo seguí su ejemplo, escuché al corazón y olvidé al mundo. Ellos intentaron complacer a los dioses y educar a los hombres a través de su gran amor, pero el amor debe ser principalmente solo de los amantes implicados, debe servir solo a sus propósitos y cumplir solo sus expectativas, no hay voluntad u opinión, dioses ni hombres que interfieran en un vínculo semejante, uno que es auténtico y enriquecedor para ambas almas, que despliega tanta energía que logra contagiar de ese entusiasmo a quienes solo observan.

Amar de verdad empieza entonces por cumplir los propios propósitos y luego compartirlos, expandirlos, encontrar a aquel que tenga una visión afín y un alma sincera, aquel que no requiera de hechizos ni encantamientos para desear estar unido a ti, ya sea tomando tu mano o esperando ansiosamente en algún recóndito rincón del mapa hasta que el tiempo de reencontrarse llegue. Solo el amor puede entregar la mejor versión de la eternidad, pues si se ama se olvida del todo la amenaza de la finitud.

www.ingramcontent.com/pod-product-compliance
Lightning Source LLC
LaVergne TN
LVHW041208150826
845673LV00001B/330

* 9 7 9 8 8 4 8 3 4 7 7 6 0 *